KB147967

오! 착하게 살았네

타지마할이 있는 아그라의 야무나강 건너편에 있는 '브리' 지역에서 한 청년을 만났다. 이마의 굵은 주름이 청년이라기보다 중년처럼 보였다.

"안녕! 내 이름은 '세라'야. 어디서 왔니? 코리아? 재펜?"

"한국에서 왔어."

"오! 착하게 살았네?"

순간 '뭐지?' 내 귀를 의심했다. 세라가 '오! 착하게 살았네?'를 너무나도 유창한 한국말로 했기 때문이다.

'한국인이라서 착하다는 거야? 일본인이 아니라서 착하다는 거야? 인도에 온 것이 그동안 착하게 살았기 때문에 올 수 있었다는 거야? 도대체 뭐지?'

갑자기 가난한 행색의 세라가 특별하게 보였다. '지금까지 혹 착하게 살지 못했던 사람이라도, 앞으로는 '착하게 살아야 한다.'는 메시지 같았다.

세라는 22살이라고 했다. 눈이 불편해 보였는데 하얀 막이 눈동자를 덮어버렸다.

“세라!”.

“손님이 오셨구나?”

소를 몰고 가던 할머니가 어머니처럼 다정한 목소리로 ‘세라’를 부르며 지나갔다.

세라는 41세의 홀어머니와 산다고 했다.

“어머니는 뭘 하시니?”

“여기 사람들은 거의 직업이 없어.”

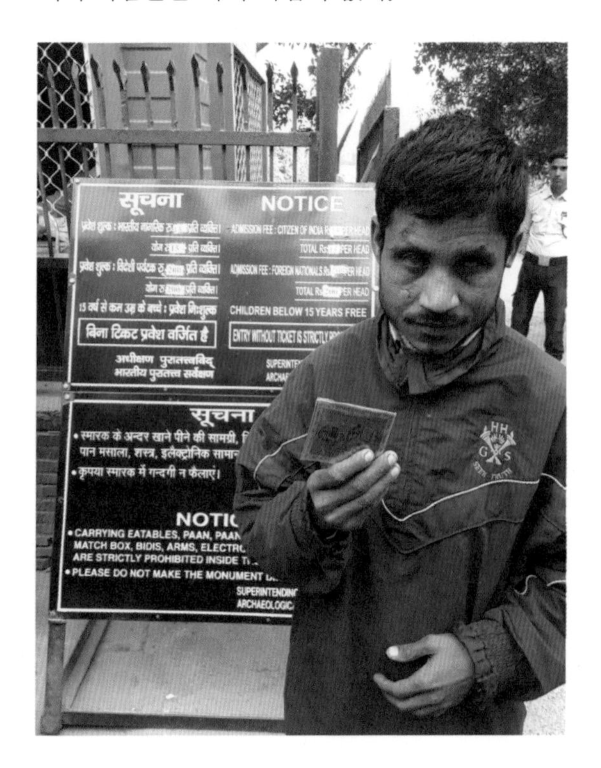

"아버지는?"

"어릴 때 돌아가셨어."

세라가 타지마할이 잘 보이는 강둑으로 안내하겠다며 앞장섰다. 앞이 보이지 않는다는 세라가 나무숲을 지나 어떻게 강을 향해 걸어갈 수 있을까? 불가능해 보였다. 가다가 나무에 부딪히거나, 엎어질 수도 있었다. 난처한 일이 생길 수 있기에 망설이고 있는데, 나무 아래서 아이들이 나타나더니 세라를 에워쌌다. 그리고 새떼처럼 조잘대며 함께 걷기 시작했다. 세라는 웃고 떠드는 마을 친구들의 목소리에 의지해 방향을 잡고 정확한 길로 안내했다.

동네 사람 모두가 가족처럼 세라를 챙겼다. 야무나강 가의 군사시설 초소에 있던 군인들까지 세라를 반갑게 맞이했다.

"손님을 모시고 왔구나?"

"네, 한국에서 오셨대요."

유쾌하고도 큰 목소리를 가진 세라는 키가 작았다. 빛이 바래진 붉은 점퍼를 입어서인지 까만 피부가 어둡게 보였다. '메탑바그 정원' 입구에서 타지마할 문양이 들어있는 플라스틱 자석을 파는 것이 세라의 직업이었다. 타지마할 건물 뒤 강 너머에 있는 '브리' 지역은 관광객이 드문 곳이라, 제품마다 먼지가 쌓여 있었다.

세라와 함께 걷던 친구들 중 한 아이가 갑자기 울었다. 친구들이 '글자도 모르냐?'고 놀렸다고 했다. 나무 뒤로 가더니 얼마나 서럽게 울어대는지 일행들 모두 마음이 아팠다. 낮에 여행자들에게 물건을 팔아야 하기에 가난한 아이들은 학교에 가지 못했다.

헤어질 시간이 되었다. 세라가 팔던 플라스틱 자석을 한국으로 가져가면 선물용으로 좋을 듯했다. 돈을 건네며 달라고 했더니 세라가 말했다.

"울고 있는 내 친구의 물건을 사 준다면 우리는 모두가 행복할 거야."

나는 세라의 것을 팔아주고 싶었다. 그렇게 하면 세라의 말대로 우리 둘만 행복할 수 있었다. 세라는 친구의 물건을 사게 해서 울었던 친구와, 또 무리 지어 세라를 인도하던 마을 친구들, 그리고 여행자까지 모두를 행복하게 만들었다. 세라는 바쁜 신이 보낸 성자 같았다. 화려하고 웅장한 타지마할 뒤에 있는 소박한 마을에서 이웃을 챙기며 살아가고 있었다.

여행이 끝나고 일상으로 돌아온 후에도 불후의 명작 타지마할보다, 몸이 불편했던 세라의 목소리가 내 귓바퀴를 맴돌았다.

"오! 착하게 살았네."

받아라, 행운

'블루시티'라는 예쁜 이름을 가진 조드뿌르에 온 것은 행운이었다.

어느 항공사에서 만든 TV광고가 유혹했던 블루보석 같은 강렬한 도시다. '태양의 성'이라는 메헤랑가르를 탐방하고 짚라인을 즐긴 후 흥분한 기분을 챙겨서 숙소로 오는 길이었다. 해가 넘어간 도시는 싸늘한 식빵처럼 굳어있었다. 파랑색이 귀했던 옛날, 귀족들만 과시용으로 사용했던 푸른 건물이 더 추워보였다. 오토릭샤를 타고 오는 동안, 구스다운 점프를 꺼내 입고, 스카프를 찾아 머리카락 사이로 침입하는 바람을 막았다. 그래도 추웠다. 두툼한 모자를 눌러쓰고 손수건으로 입을 가리고, 눈만 내놓고 거리를 감상했다.

차가 다니는 길은 복잡했다. 도시 한가운데 있는 로터리에서였다. 길이 밀리자 우리가 탄 오토릭샤가 멈추었다. 로터리 안쪽 화단에는 거지들이 앉아있었다. 그중 한 남자와 눈이 딱 마주쳤다. 재빨리 고개를 돌려야 했는데, 늦었다.

보기 드물게 선한 미소를 보내는 남자가 거지로 보이지 않았다. 그런데 남자는 입에다 손을 대며 먹을 걸 달라는 시늉을 했다. 초라한 옷 사이로 드러나는 남자의 팔을 보는 순간, 재채기가 터졌다. 오늘 밤 저 로터리에서 잠을 잘 텐데, 배가 고프면 더 추울 것이다. 호주머니에서 짤랑대는 동전 소리에 오렌지가 의미 있는 윙크에 왕크를 보탰다.

"동전 하나가 행운이 될 때도 있지 말입니다?"

"경상도 가시나는 '태양의 후예' 버전도 잘하지 말입니다?"

우리를 태운 릭샤는 수많은 차량과 뒤엉켜서 쩔쩔매고 있다. 남자는 수줍은 미소에 하얀 이빨을 보이며 또다시 손을 입으로 갖다 댔다. 이번에는 다리의 맨살이 보였다. 맙소사! 맨발까지 보아버린 나는 감기가 오려는지 소름이 돋고 몸이 떨려왔다. 주머니에 손을 넣고 동전을 집었다.

조금 전 '태양의 성' 앞에서 따뜻한 짜이를 두 잔이나 마셨다. 주인이 거스름돈을 동전으로 한 주먹 준다며 투덜댔는데 이렇게 쓰일 줄 몰랐다. 만약 지폐였다면 남자가 있는 곳까지 던질 시도조차 하지 못했을 것이다. 어느새 남자는 반대편을 쳐다보고 있었다.

"아저씨! 고개를 돌려요. 날 봐요"

오렌지는 나보다 더 크게 고함을 질렀다. 그러나 자동차의 빵빵대는 경적 소리가 로터리를 뒤집을 듯 크게 울렸다.

릭샤가 멈추어있는 상태에서 돈을 주면 근처에 있는 거지들이 릭샤 근처로 몰려온다고 오렌지가 만류했다. 자신도 그런 날이 있었다고.

이유를 불문하고 우리는 정확하게 남자에게 전해야 한다는 사명감이 생겨버렸다.

릭샤가 다시 출발하려고 시동을 걸었다. 나는 마음으로 소리쳤다.

"아저씨! 날 봐요. 제발! "

그러나 반대 방향으로 돌리고 있는 남자의 얼굴이 돌아올 가망은 없어 보였다.

오렌지가 벌떡 일어나더니 릭샤 바깥을 향해 목에 두른 붉은 스카프를 흔들기 시작했다. 나도 잽싸게 노랑 스카프를 풀었다. 눈치 빠른 수많은 릭샤왈라들이 경적음을 내기 시작했다. 거짓말처럼 깜짝! 남자가 얼굴을 돌렸다. 로터리를 벗어나기 몇 초 전이었다. 반짝! 수줍음을 동반한 남자의 환한 미소에 내 마음도 덩달아 태양이 빛나듯 환해졌다. '태양의 성' 메헤랑가르가 있는 도시에서 동전을 쥐고 준비태세에 있던 오렌지와 함께 남자를 향해있는 힘껏 던졌다.

세상에 신이 있다면 상상할 수 없는 행운을 우리에게 수시로 던졌을 것이다. 그동안 나는 덥석덥석 잘 받았다. 블루

보석 같은 '조드뿌르'에 여행을 온 것도 신이 던진 행운이었다.

어쩌면 신은 늘 우리들을 불렀는데, 그때마다 바빴거나 눈치채지 못한 어리석음으로, 다른 사람이 대신 그 행운을 받았을지도 모른다. 그리고 신세를 한탄하며 이렇게 중얼거리며 살아왔을 것이다.

"나는 왜 이렇게 행운이 없는 걸까?"

델리의 새벽 풍경

동굴처럼 캄캄한 골목길로 막 들어선 오토바이가 새벽을 노크한다. 빵!빵!빵!

도시의 눈곱을 떼려는 듯 사이클릭샤(자전거를 개량한 인력거)가 노랑 딱정벌레처럼 꾸물꾸물 기어간다.

여행자들은 부지런하다. 나는 365일 중 이른 새벽에 일어난 적이 거의 없다. 그런 내가 지금은 다섯 시를 알려주는 시계추 아래 있다. 숙소 레스토랑이 있는 3층 옥상 의자가 젖은 불빛을 머금고 반짝인다. 건물도 비에 젖은 어둠을 벗느라 불을 켠다.

세계에서 가장 복잡한 도시 중 하나가 델리라지만, 매력 있고 흥미로운 도시 또한 델리다.

'인도의 심장' 델리는, 올드델리와 수도로 지정된 뉴델리가 있다. 인도여행의 관문 뉴델리의 '파하라간지'에서는 막 여행을 시작한 한국인들을 쉽게 만날 수 있다.

인도 아침의 민낯을 볼 수 있는 여행자 거리인 '파하라간

DELWAL STORE

지'는 쌀쌀하다. 따르릉! 자전거의 녹슨 벨 소리, 오토릭샤(소형엔진을 단 삼륜차) 시동 거는 소리, 축축한 소음까지 배낭에 짊어지고 걸어가는 여행자 발걸음, 발 디딜 틈도 없이 널려있는 쓰레기들 속에 눈만 빠끔한 개가 잠든 사내를 지키고 있다. 오토바이가 지나가자, 머리에 과일을 인 여자가 후줄근한 드레스에 묻은 빗물을 털어내며 꽥 소리친다. 건너편 창가에 앉은 비둘기가 날개를 펴자 전깃줄이 흔들리며 가로등이 깜박인다. 화분에 심어진 재스민 꽃잎에 재빨리 입 마추고 떨어지는 물방울, 식당에서 부딪히는 그릇 소리, 요리사들의 경쾌한 손놀림, 신에게 올리는 향 내음, 무엇보다 여행자들이 건네는 인사가 통통 뛰어다닌다. 굿모닝! 굿모닝!

숙소 레스토랑에서 아침 식사를 주문했다. 현지물가에 비해 비쌌지만, 식당을 찾기 위해 비 내리는 거리를 헤매고 싶지 않았다.

렌틸콩으로 만든 수프에 짜파티를 찍어 먹은 후 뜨거운 차를 마시는데 웅덩이에 고인 물이 보일 정도로 날이 밝아졌다. '오! 파하라간지에 다시 오다니….'

17년 전, 인도여행을 왔을 때였다. 저 골목 어딘가에서 우리 아이들이 컴퓨터게임을 했었다. 낯선 땅에서 무슨 일이라도 생길까 봐 우리는 암호를 정했다. '아몬드!' 인도귀신도 모를 패스워드에 우리는 낄!낄!낄! 웃으며 유령처럼 쏘다녔다.

김치볶음밥을 시켜 먹고, 배가 방실하면 영화를 보러 갔다. 인도인들은 영화광이 많다. 좋아하는 배우가 등장하면 극장을 폭파할 기세로 소리를 질러댔다. 그때마다 놀랐던 기억이 새록새록 났다. 그리고 절대 잊을 수 없는 추억 하나가 슬며시 따라왔다.

오늘보다 더 많은 비가 내리던 날이었다. 영화를 보고 나오면서 화장실을 찾았다. 비 때문인지 신발이 잠길 정도로 오물이 넘쳐흘렀다. 그때 보지 말아야 할 장면을 목격했다. 너무나도 태연하게 맨발로 화장실을 드나드는 현지인들을 보았다. 기겁을 했다. 물 위로 떠다니는 똥. 오줌을 보며 행여 묻을까 봐 도망치듯 화장실을 뛰쳐나왔다. 역겨운 장면이 따라다니는 바람에 한동안 바나나를 먹지 않았다.

17년 전의 추억을 듣기 위해, 두 귀를 전봇대에 걸어놓고 따뜻한 차를 마셨다. 지난밤은 침낭을 덮을 정도로 추웠지만, 델리의 새벽 풍경은 마살라짜이처럼 향기롭고 달달했다.

휴먼스 오브 천년 숲

바라나시를 늦은 밤에 출발한 기차는 예정된 시간에 인도 북부의 고락뿌르에 도착했다. 종착역이기 때문에 긴장하지 않고 푹 잘 수 있었다. 역을 빠져나오자 청바지를 말쑥하게 입은 청년이 손을 흔들며 다가왔다.

"소나울리 가세요?"

"쿠시나가르!"

"베스트 드라이브가 되어줄게요."

청년은 큰누나를 기다리는 동생처럼 살갑게 대했다. 요금 흥정을 하고 쿠시나가르로 향했다. 그런데 출발하자마자 청년은 팁을 요구했다. 투어리스트 사무실로 몇 차례 데려가더니 여행 팸플릿을 보여주며 고급 패키지상품을 강요했다.

델리에서 만나 함께 여행 중인 경상도 아가씨 오렌지가 추운지 재채기를 했다. 도로 옆 작은 가게에서 쉬기로 했다. 따뜻한 차와 함께 갓 구운 빵이 있었다.

"저 싸가지도 배가 고플 텐데요. 함께 먹을까요?"

"오키! 그런데 웬 싸가지?"

"나쁜 뜻은 아니고요. 우리를 골탕 먹이려는 청년! 닉네임을 부르면 재밌잖아요?"

슬금슬금 눈치를 보는 청년에게 말랑한 빵을 권했더니 극구 사양했다. 처음 만난 한국 누나들한테 계속 돈 뜯을 궁리만 하고 있었다.

계산을 하고 출발하려는데 주인아저씨가 보이지 않았다. 잠시 후 나타난 아저씨는 곱슬곱슬한 머리카락에 잔뜩 바른 기름이 번들거려 더 검게 보였다. 젊은 여자를 딸이라며 데리고 왔다. 눈도 뜨지 못하는 갓난아기를 안은 딸은 퉁퉁 부어있었다. 빗질을 못 해 산발한 머리가 어수선했다.

주인아저씨가 풍선 같은 배를 쑥 내밀며 자랑스럽게 말했다.

"내 딸이 아들을 낳았다우. 평생 기념될만한 사진 한 장 찍어주겠소?"

머뭇대는 딸과 함께 가게를 배경으로 포즈를 취했다.

아저씨는 '성공한 아버지 1위'에 뽑힌 사람처럼 오른손을 높이 흔들며 웃었다. 사진을 찍고 메일주소를 달라고 했더니 고개를 앞으로 흔들었다. 인도에서 고개를 앞으로 흔드는 것은 부정의 동작이다. 메일을 사용하지 않는다는 뜻이었다.

"그렇다면 카메라나 모바일 폰을 주세요?"

"없어."

'아니? 사진을 어떻게 받겠다는 걸까? 사진은 왜 찍었단 말인가? 혹 아저씨가 귀신처럼 눈치를 챘나? 지금 내 가방에 20여 장의 사진이 들어있다는 것을?'

인도여행을 준비하면서, 17년 전 인도.네팔 여행에서 만났던 사람들의 사진을 챙겨왔다. 꼭 보내주겠다는 약속을 철석같이 했었지만 지키지 못했다. 이번 여행에서 사진을 전하겠다는 미션을 수행하는 중이었다.

17년이라는 긴 시간이 흘렀다. 어떻게 변했을까? 상상만으로도 가슴이 부풀었다. 만나지 못할지도 모른다. 그래도 괜찮다. 각오하고 비행기를 탔다.

바라나시에서 디아(촛불)를 팔던 소녀와 성자처럼 눈이 깊고 긴 수염을 가진 노인, 안나푸르나봉 아래 숙박집 주인 마야와 세 살짜리 아들 수먼, 스와얌부나트 템플의 파알라조라마, 히말라야 만년설과 쿠시나가르의 도베르만 개 등, 만날 수 있다면 좋겠지만 기대를 품고 찾아가는 여정도 더없이 소중했다.

언젠가 아저씨의 사진을 전하기 위해 나는 또다시 이곳에 오는 건 아닐까?

황당해서 왕방울 눈이 된 나를 보며 아저씨는 소리 내 크게 웃었다. 친정에 왔다는 딸은 새색시처럼 웃었다. 그때 싸가지 청년이 슬금슬금 다가와 눈치를 보더니 말했다.

"나도 추억하고 싶어요"

청년이 모바일 폰으로 사진을 찍는 동안 우리는 화끈하게 포즈를 취해 주었다.

"재밌는 나라야? 그죠? 호호호"

오렌지가 배를 잡고 웃었다. 나는 쿠시나가르 하늘을 쳐다보며 조금 더 웃다가 아이디어 하나가 떠올랐다.

내가 사는 곳은 지리산 처마 끝에 달린 풍경 같은 마을이다. 지리산이 보이는 마을 한가운데 천년 된 숲이 있다. 나무 아래를 산책하는 사람들처럼, 나도 둥근 나이테를 만들며 살아가고 있다. 인도여행이 처음이라는 오렌지에게 들려주었다.

"있잖아? 숲에 사는 사람들의 스토리로 '휴먼스 오브 천년 숲'이라는 프로젝트를 하면 어떨까? 동시대에 같은 공간에서 살아온 사람들 이야기를 들어주고, 사진도 찍고 미니 자서전처럼 기록도 하는 거야. 어때? 기특한 생각이지?"

내가 생각해도 기발한 아이디어는 귀신같은 가게주인 아저씨를 만났기 때문이다. 그리고 동방예의지국에서 여행 온 한국인 누나들 앞에서 돈만 밝히던 귀여운 싸가지 청년 때문이었다. 아니, 덕분이었다.

기도의 값

인도 바라나시의 갠지스강물이 붉은 황토 빛깔로 흐르고 있었다.

한 소녀가 작은 나뭇잎 접시 위에 담긴 촛불 '디아'를 담은 바구니를 안고 다가왔다. 팔아달라는 듯 수줍게 웃으며 20루피라고 했다. 소녀를 따라 강 위에 디아를 띄우고 두 손을 모았다.

강 위로 떠나가는 디아 앞에서 신들을 경배한 기도가 끝나기를 기다렸다는 듯, 한 노인이 걸어왔다. 눈짓으로 자신이 들고 있는 디아를 사라고 했다. 나도 눈짓으로 '얼마죠?' 물었다. 노인은 오른손 다섯 손가락을 활짝 폈다. 나는 깜짝 놀라는 시늉을 하며 물었다.

"50루피?"

"노오!"

나도 망설임 없이 '노오!'를 외쳤다.

가족을 위한 디아를 하나 더 띄우고 싶었지만, 소녀보다

돈을 더 주는 바보가 되고 싶지는 않았다.

노인은 고개를 흔들며 내 눈을 응시했다. '도대체 얼마에 팔겠다는 거지?'

잠시 후 내 손바닥 위에 있는 지폐와 동전 속에서 하나를 집어가며 디아를 건네주었다. 5루피짜리 동전이었다.

나는 눈을 굴리며 조금 전 나에게 디아를 판 소녀를 찾았다. 소녀는 멀지 않은 계단에 앉아 노인과의 거래를 지켜보고 있었다. 물론 내가 노인으로부터 5루피에 산 것도 알았을 것이다.

피부는 검었지만 동그란 얼굴에 하얀 치아, 두 갈래로 땋아 묶은 머리, 커다란 눈망울을 가진 소녀는 나와 눈이 마주쳤다. 노인보다 비싸게 산 디아 때문에 불편한 표정으로 쏘아보는데도 웃고 있었다. 눈 깜짝도 하지 않고 나에게 바가지를 씌우다니… 괘씸했다.

소녀를 불렀다. 디아의 정상가격이 궁금했다. 푸른 염색물이 빠진 치맛단을 부여잡고 계단을 내려오는 소녀는 맨발이었다. 흙이 말라 허연 발가락은 뭉텅했는데 아무리 봐도 다섯 개가 아니었다. 몸을 비틀어대며 머뭇머뭇 소녀가 다가왔다.

"너는 왜 20루피나 받았니?"

"..."

"도대체 진짜 가격은 얼마야?"

"..."

그때였다. 갠지스강물이 흐르는 방향으로 걸어가던 노인이 돌아섰다. 근엄한 목소리로 다가왔다.

"여행자여! 기도에 무슨 가격이 있단 말인가? 진짜가 있다면 나머지는 모두 가짜기도란 말인가?"

순간, 소녀한테 속은 줄 알고 화가 났던 내 얼굴이 황톳빛으로 물들어버렸다. 그것은 반복적으로 의식을 정형화시키는데 익숙해진 내 선입견의 결과였다.

이어진 노인의 말은 지금도 나를 신성한 어머니강으로 초대하는 셈할 수 없는 축복이 되었다.

"우리는 당신에게 받은 가격만큼 축복을 주었다. 나는 5루피, 소녀는 20루피에 해당하는 축복을 신께 부탁했던 것이다. 그리고 당신은 받고 싶은 만큼 기도의 값을 지불하지 않았는가?"

행복등기부
— 참 다행이다

여행지에서 만난 오렌지랑 함께 방을 쓰기로 했다.

숙박비를 아낄 수 있어 좋았고, 여자 혼자 떠난 여행에서 '함께'라는 안도감이 필요했다.

오렌지는 숙소에 돌아오면 밤늦도록 노트를 펼쳐놓거나 혼자 말하곤 했다.

"다행이다."

"뭐가?"

"아니에요"

오렌지의 일기를 꼭 보고 싶은 궁금증은 커져만 갔다.

잠도 줄여가며 무얼 저렇게 열심히 쓰는 걸까? 오렌지는 수시 때때로 수첩에 뭔가를 적었다. 식당에서도 기록하느라 식사도 여유 있게 못할 정도였다. 소중한 것을 잃지 않으려는 어린아이처럼 두 눈이 초롱초롱했다.

바라나시에서 출발한 기차를 타고 19시간을 달려온 나는, 자이살메르 숙소에 도착하자마자 쓰러졌다. 얼마나 잤을까? 깨어보니 오렌지가 침대 위에서 뭔가를 적으면서 중얼거리고 있었다.

“참 다행이다.”

“뭐가?”

“잃어버리지 않아서…요”

노트를 접고 침대에 눕더니 오렌지는 곤하게 잠이 들었다.

도대체 무얼 잃어버렸던 걸까? 궁금했다. 일기를 쓰지 못할 정도로 기억이 나지 않은 일들이 생각이라도 난 것일까?

‘사막 사파리 체험’ 중 낙타 등 위에서도 메모하는 것을 보았다. 오렌지는 사막의 어둠을 쓰다듬고 달아나는 바람 속에서도 쓰는 것을 멈추지 않았다. 나는 궁금해서 견딜 수가 없었다. 라자스탄주의 타르사막에서 나란히 누워 감자알만 한 별을 보면서 오렌지에게 물어보았다.

“도대체 뭘 적고 있는 거야?”

“그날 사용했던 지출내용을 빠짐없이 기록하고 있어요.”

싱거운 대답을 오렌지는 진지하게 말했다.

‘맙소사! 여행 중에 잠자지 않고 기록한 것이…’

오렌지의 이야기를 듣고 있는데 별똥별 하나가 길게 떨어졌다.

머나먼 인도사막에서, 더 머나먼 별을 바라보는 이 순간

이 나에게는 기적이었다.

생텍쥐페리의 『어린왕자』가 만났던 비즈니스맨이 생각났다.

어린왕자는 지구별로 오기 전 우주의 여러 별을 여행했다. 네 번째 방문한 별 이야기다.

우주에 존재하는 5억 개 별이 자신의 소유라며, 매일같이 되풀이로 셈하고 있는 비즈니스맨이 살고 있었다. '왜 별을 세느냐?' 고 어린왕자의 질문에 비즈니스맨이 대답했다.

"부자가 되기 위해서 … 그리고 … 최종에는 종이에 숫자를 적어놓기 위해서지.”

대부분 여행자들은 체험한 사건과 그 느낌을 잃지 않기 위해서 기록을 한다. 그런데 계산하느라, 가계부를 쓰느라 많은 시간을 보내면서 정작 행복하게 보낸 시간은 계산하고 기록하지 않는 것 같았다. 나는 오렌지 손을 잡고 말하고 싶다.

“사막에 ‘쨍그랑’ 금화처럼 쏟아지던 햇살의 질량과, 굽은 등을 내어준 낙타의 온기, 태어나서 처음 만져본 사막의 맨살, 이파리 하나 달지 못한 사막의 나무에서 여행자를 바라보는 공작새의 눈길을 그림처럼 기록하는 건 어떨까? 부동산 등기부가 아니라 ‘행복등기부’가 될 거야.”

언젠가 오렌지의 ‘행복등기부’를 읽게 될지도 모른다. 그렇다면 동그라미 다섯 개를 그려주고 등본에는 빨간 펜으로 밑줄을 긋고 첨삭을 하리라. ‘등기부에 숫자 대신 행복을 기록하다니 참 다행이다’

명상을 아는 코끼리

자이살메르성 앞에서였다. 골목길을 막아선 상인들의 호객행위에 꼼짝달싹 못 할 정도였다. 오토릭샤와 한 무더기 소똥, 줄 위에서 곡예 하는 소녀와 구경하는 다양한 국적의 여행자들, 보석 파는 여자, 드레스를 펼쳐 든 상인들의 외침, 한쪽에는 인형극을 하고, 한쪽에는 전통악기로 연주를 하며 사람들을 불러 모으고 있었다.

소음에 정신이 혼미할 즈음 특이한 아트숍을 발견했다. 입구에 그려진 코끼리가 우리를 안으로 이끌었다. 잔잔한 음악 속에 주인 남자와 서양인 여행자가 대화를 나누고 있었다.

가게 안은 밖과 대조적이었다. 주인 남자가 어찌나 낮은 목소리로 흥정을 하는지, 골목의 소음이 절정을 이루는 지점에서, 그림 속으로 쏘옥 들어온 기분이었다.

도시의 상징적인 왕으로부터 주인 남자가 수상하는 사진이 걸려있었는데 정황으로 보아 유명한 화가 같았다.

그들의 대화를 방해할 수는 없었다. 천천히 그림을 구경했다. 실크에 그려놓은 세밀화 그림은 섬세함과 화려함으로 시선을 멈추게 했다.

자이살메르는 인도의 서쪽 파키스탄 국경이 있는 지역이다. 인도에서도 가장 보수적이고 선조들의 가치가 잘 보존된 도시로 알려져 있다. 그 옛날 아라비아 상인들로 성황을 이루었는데, 그때부터 라자스탄 세밀화가 전 세계로 퍼졌다고 한다. 그림으로 유명해지자 전 세계의 여행자들이 몰려왔다.

세밀화를 직접 보니 기대 이상이었다. 화려하게 치장한 코끼리의 안장, 풍성한 반야트리 나무, 고급스런 전통 사리를 입고 차를 마시는 귀족가문의 여인들, 옛날 귀족들의 사냥터 풍경도 보였다. 돋보기로 봐야 할 정도로 정교한 세밀화도 있었다.

그림 뒤에는 4B연필로 가격이 적혀있었다. 손바닥 크기의 그림이 1,950루피였다. 내 팔목만큼 기다란 직사각형 그림이 마음에 들었는데 4만 루피가 넘었다.

주인이 그림자보다 더 조용히 다가왔다.

"나는 매일 아침 7시에 그림을 그린답니다. 지금 흥정을 하는 중인데 내일 다시 와 줄 수 있나요?"

여행자의 내일은 예측할 수가 없다. 다음날 새벽 우리는 단체로 사막을 가기로 예약이 되어있었다. 그런데 사막 사파리여행에서 돌아와 예정에 없었던 며칠을 더 자이살메르에 머물게 되었다.

숙소는 골목길을 끼고 있는 큰길 가에 있었다. 세계 각국에서 온 여행자들을 태우고 사막으로 출발하기 위한 자동차 엔진소리에 잠이 깼다.

이른 아침이지만, 고성을 한 바퀴 돌기로 했다. 공사현장을 지나는데 인부들 서너 명이 모여 모닥불을 피워놓고 손을 쬐고 있었다. 골목 넓이만 한 덩치의 소들이 길을 막고 있었다. 무리를 이루고 다니며 마을 여인들이 내다 주는 먹거리로 아침 식사를 하는 중이었다.

계속 이어지는 골목에서 고요한 '아트숍'을 찾기가 쉽지 않았다.

화가가 나왔을까? 푸른 안장을 등에 얹은 흰 코끼리 그림이 정교하게 그려진 '아트숍' 입구가 보였다. 문이 활짝 열려 있었다. 나는 반가워서 소리쳤다.

"나마스테!"

"…"

"아차!"

큰소리로 건넨 인사말을 재빨리 거두어들이고 싶었다. 열린 문으로 잔잔한 명상음악이 흘러나왔다. 손을 반쯤 든 화가가 '들어오라'라는 눈짓을 했다. 맑은 기운이 감도는 정적에 압도당해 숨도 쉬면 안 될 것 같은 분위기였다.

검은 수염이 얼굴 반을 덮은 화가는 어느새 방문객의 존재를 잊은 듯 했다. 돋보기를 쓰고 긴 손가락으로 그림을 그렸다. 화가의 작업을 방해하고 싶지 않았다. 전시해 놓은 세밀화 그림을 감상했다. 자연소재 물감인데 주로 돌가루를 사용했다. 한참 후 화가가 붓을 놓고 일어섰다.

"나는 행복합니다. 고요를 그릴 수 있기 때문입니다."

내가 그림 한 점을 들고 갖고 싶다고 했더니 화가가 말했다.

"이 코끼리는 명상을 아는 친구랍니다"

손바닥만 한 코끼리 한 마리를 데리고 나왔다. 고요로 그려진 코끼리는 나를 얼마나 고요하게 만들 것인가? 그림값은 깎지 않았다. 흥정을 하는 순간, 나의 목소리가 황금의 도시 자이살메르 고성에 남아, 소음으로 늙어갈 것 같은 두려움 때문이었다.

사막의 뮤지션

자이살메르를 향해 달리는 기차에서 미소년과 나란히 앉은 남자는 자신을 뮤지션이라고 소개했다. 내심 이번 여행에서 라자스탄주 사막에 전해 내려오는 전통노래를 듣고 싶은 바램이 있었다. 그것은 거장 라비 샹카르의 열정적인 시타르 연주를 다룬 다큐멘터리 영화를 본 적이 있기 때문이었다.

곁눈으로 살펴보았다. 악기 가방을 다리 위에 올려놓은 소년은 수줍음이 있었다.

삭막한 환경의 사막에서 살아가는 사람들의 이야기가 궁금했다. 지평선을 바라보며 남편을 하염없이 기다리는 아내의 노래는 얼마나 애잔할까?

남자는 잡지 한 권을 꺼내 보여주었다. 사진과 내용을 훑어보니 그들은 유명한 뮤지션이 분명했다. 전 세계로 연주를 다닌 내용의 기사와, 최근 활동한 사진이 들어있었다.

보름 전, 뉴델리의 공식적인 초청으로 연주를 하러 갔다가 고향으로 돌아가는 길이라고 했다. 외모로 봐서는 뮤지션이라고 믿기지 않았다. 남자의 곱슬머리에 기름이 번들거리는 것이 싫었다. 눈치 없는 남자가 건네주는 비스킷을 먹고 싶지 않았다. 머리카락뿐만 아니라 눈동자도 손도 발도 눈썹도 유난히 새카만 남자는 능글능글 계속 웃었다.

"어디서 왔지요? 북한? 아니면 남한?"

"엥? 북한에서 온 여행자를 본 적 있나요?"

"노오."

"주로 어떤 음악을 연주하세요?"

"내일 아침 들려줄게요."

내일 아침이라면 자이살메르역에 도착하지도 않을 시간인데, 이 좁은 기차 안에서 연주를 한다는 걸까? 힌두의 음악가들 대부분은 인도의 카스트제도에서 계급이 낮다고 들었다. 타이거 비스킷을 계속 꺼내먹는 남자의 검은 손등은 공중에서 연주하듯 현란했다.

안개가 이유식처럼 부드러운 아침이었다. 어디선가 들려오는 선율에 귀가 나를 깨웠다. 열차 2층에서 잠을 잔 나는 1층으로 내려왔다. 조금씩 밝아오는 아침이 창으로 보였다. 듬성듬성 보이는 나무가 사막이 멀지 않았다는 것을 말해주었다. 갑자기 오토바이 소리가 나더니 한 남자가 기차와 나란히 달리고 있었다. 오토바이 뒤에는 머리를 묶은 여자가 남자 허리를 잡고 있는데 추워 보였다. 드레스가 날릴 때

마다 여자의 맨살이 드러났다.

열차의 3등 칸에서 사막의 뮤지션이 연주를 하고 있었다. 캐나다에서 온 크리스티나와 그의 연인 윌리엄, 일본에서 온 아스미, 짜이 파는 아저씨는 아예 기차 바닥에 앉았다.

라자스탄주의 전통연주를 기차 안에서 듣게 되다니 운이 좋았다. 뮤지션의 연주 실력은 놀라웠다. 손과 입으로 여러 개 악기를 동시에 연주하는데, 예사롭지 않은 솜씨에 기차 안은 박수 소리로 가득 찼다. 여행자들은 연발 탄성을 질렀다.

이른 아침 자이살메르 사막으로 가는 기차에서, 인도의 전통악기로 연주하는 풍경 속에 내가 들어있다니, 황홀했다.

뮤지션들은 사막 사람들의 고단하고 외로운 마음을 위로해 주는 민중 시인들이다. 사막의 오아시스 같은 존재들이다. 멀리 떠나와 이방인의 신분으로 낯선 서정에 빠져보는 여행도 나에게는 오아시스였다.

가만히 살펴보면 우리 주위에는 사막이 많다. '혼술' '혼밥'이라는 신조어가 들불처럼 번지는 시대를 살고 있다. 살면서 목마르게 외롭다면 그곳 또한 사막일 것이다.

갑자기 매력이 넘치는 뮤지션에게 따뜻한 짜이 한잔을 대접하고 싶었다. 잔을 건네는데 남자의 손이 내 손등에 닿았다. 움찔했다. 열정적으로 연주하던 남자의 손이 섬뜩할 정도로 차가웠다.

환상적인 연주에 감동한 태도는 가지각색이었다. 따뜻한 잔을 들고 창밖을 보거나, 두 손으로 아예 눈을 감싸거나, 뮤지션의 얼굴을 감동으로 바라보거나, 그러다가 어느새 눈동자가 촉촉해지거나.

동시대에 태어난 인연으로 같은 공간에서 연주를 듣고 함께 공감했던 몇 안 되는 관객들에게도 짜이를 대접했다. 우리나라 돈으로 환산하면 커피값 두 잔 정도의 금액으로, 3등칸에 탔던 승객 십여 명을 따뜻하게 했다. 세상을 살면서 오늘 아침 같은 오아시스를 몇 번이나 더 만날 수 있을까?

맨발의 여인

기온이 내려간 아침에 맨발의 여자도 짜이를 마셨다. 대부분이 여행자들이었는데 뒤에서 다소곳이 서 있던 인도 여인은 37살이라고 했다. 염색물이 다 빠진 드레스 끝자락에 맨발이 드러났다.

연주하는 곡의 내용이 '사막 멀리 지평선으로 사라진 사랑하는 님을 그리워하는 노래'라고 했다. 노랫말처럼 저 여인의 남편도 비즈니스를 위해 고향을 떠났는지 모른다. 남루한 여인의 행색으로 보아 아직 돌아오지 않았음이 틀림없다.

두 눈이 움푹 들어간 여인은 '시바'신 그림엽서를 바구니에 담아 들고 있었는데, 지폐는 없고 동전 한 개가 얹혀있었다. 여인은 깊은 눈으로 나를 쳐다보았다. 영적인 제3의 눈을 가진 엽서 속 힌두교 시바신과 이마에 붉은 물감을 칠한 여인의 얼굴이 닮아 보였다.

여인은 창백해서 얼굴이 푸르스름했다. 입고 있는 드레스

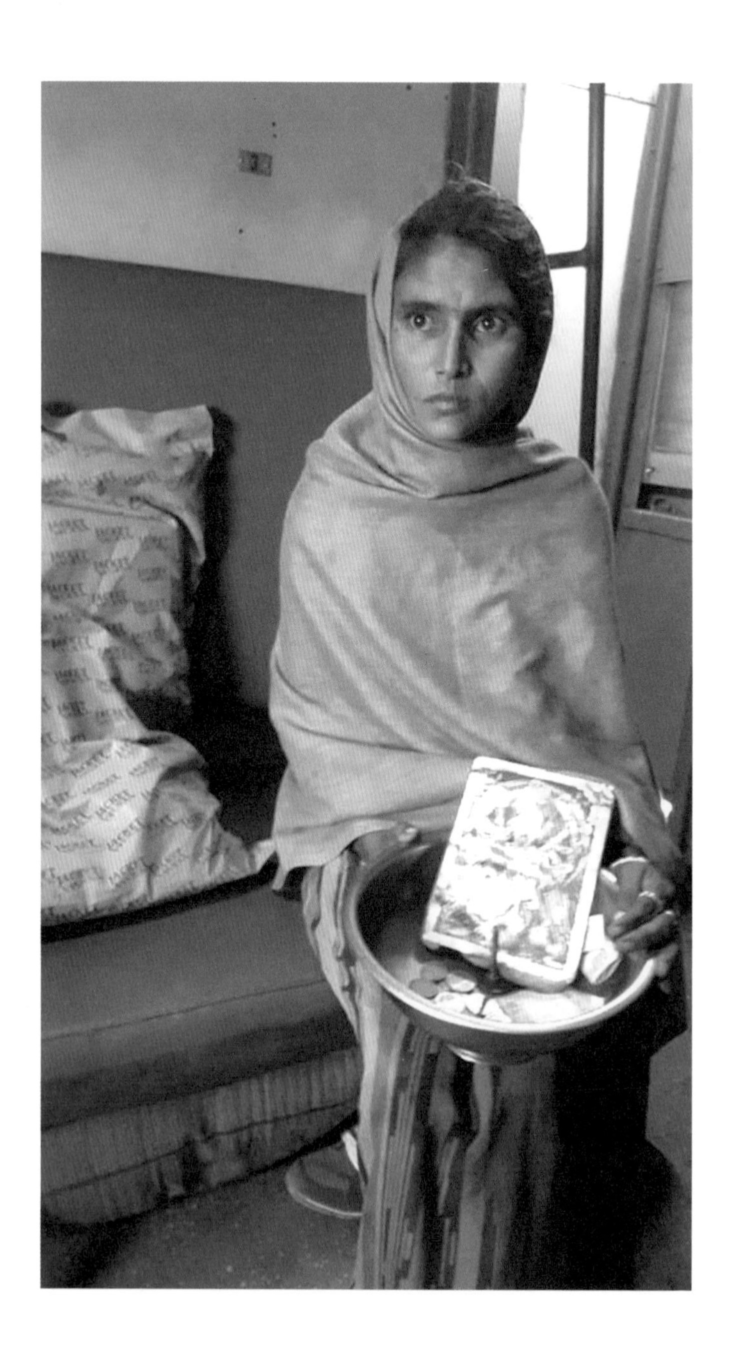

문양처럼 삭아버릴 것 같았다. 얼굴도 얼굴이었지만 맨발이 신경 쓰였다. 가방 안에 든 구두가 떠올랐다. 사막여행에 편리한 운동화로 바꾸어 신고, 집에서 신고 온 구두는 배낭 속에 넣어두었다. 함부로 배낭을 풀지 못하도록 자물쇠를 채우고 기차 맨 아래 칸에 체인으로 꽁꽁 묶어 보관했다.

지난밤 기차 안은 몹시 추웠다. 침낭을 펴고 오리털 잠바를 앞으로 껴입고 잤다. 그래도 춥다고 중얼거리며 짜이를 연거푸 두 잔이나 마셨던 밤이었다. 37살이 아니라 오십이 넘어 보이는 여인은 미동도 하지 않고 나를 보고 있었다. 여인 얼굴의 푸른 빛이 내 얼굴에 묻을 듯했다. 내 안의 내가 명령하는 소리가 들렸다.

"와 망설이고 있노? 저 여인은 신발이 필요하당께."

배낭 안 구두를 떠올리며 고민을 했다. 사이즈가 맞지 않을 수도 있고, 원하지 않는 디자인과 색상일지도 모른다. 더구나 지금은 체인으로 꽁꽁 묶어놓은 배낭이다. '모르는 체 해버릴까?' 좁은 기차 안 사람들 앞에서 가방을 열고 신발을 꺼내는 것이 부담스러웠다.

내가 갈등하는 사이 기차는 멈추었고 연주도 막 끝나 있었다. 몇 번이나 박수를 보내고 난 뒤 돌아보니 여인이 보이지 않았다. 급히 구두를 꺼냈지만 기차 안에는 없었다. 내리는 승객들 무리에 섞여서 사라진 것 같았다.

잠시 머무른 간이역에서 기차는 오랫동안 정차를 했다. 구두를 들고 여인을 찾으러 밖으로 나왔다. 이리저리 찾아봤지만 보이지 않았다. 대신 리어카로 만든 소박한 가게에서 맛있는 음식 냄새가 풍겨왔다.

이번 여행을 계획하면서 나는 다이어트를 해야겠다는 야무진 목표를 세웠었다. 그러나 지금은 춥기도 하고 배가 고팠다. 가게 앞으로 갔더니 렌틸콩으로 만든 구수한 스튜 냄새가 식욕을 자극했다. 짜파티와 야채 커리도 보였다. 리어카 옆에는 말린 소똥이 불탑처럼 수북하게 쌓여 있었다. 사람들이 서서 소똥 연료로 만든 음식을 맛있게 먹고 있었다.

'바나나를 살까? 아니야. 맛이 어떨지 모르겠지만 인도 음식에 도전해볼까?' 배가 방실하도록 먹어보고 싶었다. 말린 소똥을 힐끔대며 망설이는데 뒤에서 누군가가 내 엉덩이를 '툭' 건드렸다.

'뭐지?' 하다가 주인이 건네주는 짜이를 먼저 받았다. 그런데 이번에는 더 아프게 내 엉덩이를 쳤다. 뜨거운 차를 쏟아서 화도 났지만, 이상한 예감에 '휙' 돌아섰더니 덩치가 큰 소 한 마리가 눈에 들어왔다. 양쪽에 도깨비 같은 뿔을 단 소가 내 엉덩이를 밀쳐놓고 태연하게 걸어가고 있었다. 시침을 떼듯 무심한 소를 따라가며 소리쳤다.

"어머! 어머머! 저 소 좀 보랑께요? 거만하기 짝이 없구만요."

प्रवेश
ENTRY
RESERVATION

사람들 목소리가 웅성웅성 들려왔다. 리어카 주인과 음식을 먹던 사람들이 소를 쫓아내고 난 후의 어수선한 분위기였다. 리어카 주인이 오더니 엉덩이에 묻은 흙을 털어주었다.

아! 그때 들었다. 사막 끝, 지평선 너머까지 울려 퍼지느라, 윤기라고는 조금도 없는 가슬가슬한 늙은 소의 목소리를…

“허기만 면하거라. 살찐 여행자여! 음메에에에에에에에 _ ”

먼 훗날, 신이 부여한 미션을 수행하기 위해 인도에 또 오면 좋겠다. 나는 꿈을 꾼다. 시바신 눈매를 닮은 여인의 사진 한 장과, 뼈가 앙상했던 맨발을 위해 튼튼한 신발을 준비해서 다시 사막을 방문할 그 언젠가를….

브라만의 비즈니스

'골든 시티'라고 알려진 자이살메르에 도착했다. 황색 사암으로 정교하게 만들어진 성에 올라 오래된 도시를 둘러보았다. 사방으로 보이는 지평선 너머가 사막이다. 동서남북이 모래로 둘러싸인 고성은 마치 오아시스 샘물을 찾아 목을 빼고 있는 거북이처럼 엎드려 있었다.

골목에서 잘생긴 청년이 나타나더니 안내를 하겠다며 자신을 소개했다.

"내 이름은 비야스(vyas) 가문의 비야스 랄라야."

랄라는 키가 크고 흰 피부의 얼굴이 부잣집 아들처럼 보였다.

자이살메르에는 라자스탄주에서 가장 오래된 자이살메르 성과, 귀족과 부호들의 저택인 하벨리성이 있다. 랄라는 '하벨리' 가문의 후손이었다. 22살 랄라는 형이 소유하는 멋진 성으로 일행들을 안내했다. 시내가 한눈에 들어오는 것은 물론이고 지평선이 보이는 전망 좋은 위치에 있었다.

FORTSIDE

성안 벽면에는 랄라의 선조들 사진이 담긴 고급액자가 걸려있었다. 사진 속 치장을 한 복장만 봐도 대단한 가문임을 느꼈다. 랄라의 어린 시절 사진도 보였다. 여자처럼 눈이 크고 예쁘장한 아이가 입은 비단옷은 명문가의 후손임을 증명해주었다.

매끈한 손가락을 가진 랄라가 18살 되던 생일날, 아버지로부터 성을 물려받았다고 했다. 생일선물로 오래된 성을 받다니… 우리나라에서 유행하는 '금수저'였다.

22살인 랄라는 이 멋진 성의 17번째 주인이란다. 랄라의 아버지는 50세라고 했는데 70세가 넘은 것처럼 보였다. 형소유인 성에서 식사하는 것을 멀리서 보았는데 놀랍게도 혼자였다.

성은 여행자들에게 호텔로 개방하고 있었다. 하루 숙박료가 약 3,000루피였다. 이미 성 밖에 500루피에 숙소를 정해 배낭을 두고 왔기에, 성에서 하룻밤 지내는 꿈은 접어야 했다.

랄라는 우리 뒤를 맴도는 것이 붙임성이 좋았다. 세계에서 여행 온 친구들을 사귀며 비즈니스를 배웠다고 했다. 점점 더 사막화되어가는 도시에 살지만 세계를 향한 원대한 꿈을 키우고 있었다.

12살부터 장사를 시작했다는 랄라는 성 밖에 있는 자신의 소유인 레스토랑을 소개했다.

"우리 식당은 맛집으로 소문났지. 여행자들을 위해 최고 요리사를 채용했어."

랄라는 한국말을 잘했다. 한국 여행자를 졸라서 배웠다고 했다.

민간인이 사는 성 아랫마을 '레스토랑' 약도를 주었다. 음식 맛이 궁금해진 일행들은 골목을 돌고 돌아 찾아갔다.

보랏빛 노을 속에 솟아있는 자이살메르 고성을 배경으로 앉아 배고픈 여행자들은 음식을 주문했다. 맥주, 바나나 라시, 탄도리 치킨, 프라이드 라이스를 시켰다. 배가 부르도록 먹고 마시고 이야기하다가 돌아가며 노래도 불렀다.

세프의 요리는 훌륭했다. 추가로 시킨 치즈 난과 커리 맛도 일품이었다. 우리 테이블에서 끝까지 맥주 한 잔을 더 얻어 마시던 랄라가 말했다.

"인도의 브라만도 돈이 없으면 평민이 되는 세상이야. 나는 돈을 많이 벌 거야."

자이살메르에 머무는 동안 우리는 랄라의 식당을 세 번이나 방문해서 비싼 음식을 먹고 있었다. 랄라가 들려주던 번성했던 이 도시의 옛날이야기에 푹 빠져 맥주잔을 기울여댔다.

막막한 사막이 보이는 옥상의 레스토랑은 편지가 쓰고 싶어지는 공간이었다. 랄라가 물었다.

"편지 쓰는 거야?"

"응."

"나도 한국 여자 친구 있는데…."

"한국여자?"

"응. 한국 여자들은 성격이 밝고 부지런해서 비즈니스를 잘할 것 같아."

"잘할 것 같다고? 그 어려운 것을 우찌 알았노?"

"나는 지평선을 바라보면서 자랐어. 지평선 너머의 세계가 늘 궁금했지!"

랄라는 자세를 바꾸고 진지하게 말했다.

"점점 사막화되어가는 이곳이 너무 무서워. 남아있는 브라만들도 두려움을 느끼고 있지."

자이살메르는 옛날부터 교역으로 번성했던 도시였다. 랄라는 전 세계 친구들을 사귀며 많은 정보를 획득하고 있었다.

"비즈니스를 잘하는 똑똑한 아가씨를 만나고 싶어. 나는 기다리고 있는 중이야."

들을수록 놀라운 22살 랄라를 바라보는 오렌지의 눈빛이 빛났다.

숙소에 누워 생각해보니 랄라는 이미 탁월한 비즈니스맨이었다. 우리 일행들이 세 번 식사를 하는 동안 음식값에서, 요리사 한 달 월급을 가뿐하게 벌어간 것이다.

초록 EYE

인도 북서부 라자스탄주! 집도, 도로도, 개도, 사람도, 풍화되어 빛이 바랜 듯 뿌옇다.

오래된 골목에는 직접 나무를 자르고 깎아 만든 인형 파는 상인들이 있었다. 손과 발에는 기다란 실이 달려있는데, 라자스탄주의 유명한 인형극에 쓰이는 인형이었다. 기념으로 하나 사려고 하자 오렌지가 말렸다.

"분명 곰팡이가 필 텐데요?"

"어떻게 알았어?"

"보세요? 나무가 덜 말랐잖아요?"

가로로 긴 눈매를 가진 인형은 노랑색 드레스를 입고 보석으로 치장을 했다. 남편을 기다리며 지평선을 하염없이 바라보다 길어진 듯, 강렬한 눈매가 여행자 마음을 계속 당겼다. 또다시 말렸다.

"분명 가짜라니까요?. 잘 만든 수제품인형을 찾기로 해요."

미련이 남아 인형을 만져보는 동안 오렌지는 보석 파는 여자와 흥정을 하고 있었다. 오렌지가 지폐를 내자 여자는 거스름돈이 없다고 했다. 목걸이를 목과 손에 감은 여자의 커다란 눈동자는 진한 초록색이었다. 신기했다. 모래로 뒤덮인 무채색 도시와 희뿌연 지평선에 지친 사람들의 시선을 확 끌어당겼다. 여자의 눈은 사막의 오아시스처럼 출렁거렸다. 여행자들은 팔고 있는 보석보다 원색의 초록 눈을 카메라에 담느라 여자를 에워싸고 있었다.

오렌지를 앞에 두고 여자는 여행자들에게 빠른 동작으로 보석을 팔고 있었다. 그러다가 난감한 표정을 지으며 여자가 잔돈을 건네주었다. 백 루피가 모자란다며 오렌지가 따졌다.

"계산이 틀리잖아요?"

여자가 초록 눈동자를 굴리며 설명을 했다.

"내가 20장을 가지고 있었는데 지금 4장이 남아있어. 그러니까 16장을 네게 준 것 맞잖아?"

"그건 모르겠고 나는 15장 받은 게 분명하다고요."

오렌지가 심하게 화를 내니 보석 파는 여자가 슬며시 백 루피 지폐 1장을 꺼내주었다.

그날 밤 식당에서 만난 여행자들이 이구동성으로 말했다.

"초록 눈이 어딨어요? 가짜라구요."

AUDIO TOUR
JAISALMER FORT
PALACE MUSEUM
हिन्दी
ENGLISH
DEUTSCH
FRANÇAIS
TOURISTS ARE REQUESTED TO
1) USE ONLY
APPROVED GUIDE
2) DO CHECK THE
GUIDE LICENCE

샨티 식당에 앉아 눈을 감고 사막을 건너온 바람 소리를 듣는다. 성 앞에서 늙은 손으로 연주하던 노인의 악기 소리도 들린다. 슬픈 스토리로 공연하던 인형들의 표정을 상상해본다. 목걸이를 팔던 여자의 초록 눈동자가 아른댄다. 결혼식 때 장식하는 쥬얼리를 머리에 두르고 고성 골목길을 깔깔대며 뛰어다녔던 여행자들의 웃음소리도 있다.

오백 루피 달라는 목걸이를 백 루피에 사고 만족한 흥정에 '좋아라' 쏘다녔다가, 목덜미에 벌겋게 번진 알레르기로 인해, 저녁 식사도 못하고 긁어대던 오렌지의 푸념 소리도 들린다.

보석 파는 여자를 떠 올릴 때마다 미소가 번진다. 오아시스를 닮은 초록 눈동자가 렌즈였다니 놀랍다. 그것도 인도에서….

이상한 셈법으로 백 루피를 감쪽같이 감추고도 '노 프라블럼!'이라고 외치던 여자, 메마른 여행자들의 영혼을 오아시스처럼 초록으로 출렁이게 했던 미소만큼은 진짜였을까?

괜찮아요. 살아서 왔잖아요?

갠지스강으로 가기 위해서는 오토릭샤보다 싸이클릭샤가 편하다. 상상할 수 없을 만큼의 사람들이 오가고 또한 더 상상할 수 없을 만큼의 많은 골목길이 좁기 때문이다. 바라나시에 머무는 대부분의 여행자들은 고돌리아 탑이 있는 로터리에서부터 걸어서 가는 것을 택한다. 직진하면 강가의 중심에 위치한 다샤슈와메드가트(화장터)가 있다. 이곳에서 밤마다 열리는 뿌자(힌두교예배의식)는 이미 여행자들 사이에 유명하다.

오렌지와 함께 마니카르니카 가트에서 해가 넘어갈 때까지 앉아있었다. 24시간 연기가 피어오르는 이곳에는, 화장하기 위해 인도 전역에서 사람시체가 운반되어 온다. 좁고 어두운 골목길에서 들것에 실려 오고 있는 시체를 만난 적이 있다. 오렌지색 천으로 덮인 시체는 강물에 한번 푹 담갔다가 장작 위에 올려놓고 태우는데 거의 세 시간이 걸린다고 한다. 어슬렁대는 황소가 화장장을 돌아다니며 비닐봉지를

뒤지고, 작은 개와 닭들은 시체가 타는 연기 속에서 먹을 것을 찾는다.

뿌자를 보기에는 이른 시간이라 작은 배를 타고 강 건너 기슭으로 갔다.

갠지스강에 처음 도착한 대부분의 여행자들은 나무가 우거진 강 너머를 무척 궁금해한다. 울창해 보이는 나무 사이로 맹수들이 뛰어다니고 있을 것 같다. 열 명 정도를 태운 배가 노를 저어 물살을 가르고 도착했을 때 숲에는 강물과 화장터의 소음을 막아주는 모래사장이 길게 놓여있었다. 사나운 짐승 대신 유순한 낙타들이 여행자들을 기다리고 있었다.

강 너머에서 바라보는 저녁노을은 또 다른 느낌이었다. 어둠이 내리는 강물을 따라 수많은 사람들이 몰려다니는 가트와 대조적으로 고요했다. 낡은 건물들, 그 너머로 지고 있는 붉은 태양이 또 다른 신비를 선사했다.

힌두교 종교의식인 아르테 뿌자(예배)를 보기 위해 다샤슈와메드 가트에 자리를 잡았다. 기도 승이 신성한 강물에 디아를 띄우고, 촛대에 불을 켜고, 징과 북소리를 울리기 시작하면, 종교인뿐만 아니라 전 세계에서 온 여행자들이 몰려들었다. 현란한 동작과 함께 경건하게 올리는 뿌자를 구경하느라 시간을 잊었다. 바라나시는 워낙 위험하다고 소문이 나서 오토릭샤를 타고 빨리 호텔로 가고 싶었다. 그런데 초라한 행색의 왈라가 오자 오렌지가 착하게 졸랐다.

"바라나시의 명물인 싸이클 릭샤를 타고 가요. 네?"

호텔 약도가 그려진 비즈니스 카드를 보여주었더니 릭샤 왈라는 '노 프라블럼!'을 외쳤다. 그러나 영어도 통하지 않고 그의 행동으로 보아 모르는 것이 틀림없었다. 가는 도중 현지인한테 몇 번이나 길을 묻고 있었다.

자전거 체인을 밟고 운전하는 릭샤왈라는 맨발이었다. 가는 내내 마음이 불편했다.

매연이 심해 숨쉬기도 힘들었다. 좁은 골목으로 방향을 잡자 빠른 길로 가는 줄 알았다. 얼마 가지 못하고 릭샤는 멈춰버렸다. 자전거 체인이 벗겨진 것이다. 처음부터 헛도는 바퀴 소리가 불안했었다.

가로등도 없는 수상한 골목에서 멈추다니, 더럭 겁부터 났다. 자정이 넘은 골목에 우리의 숨소리만 들렸다. 리어카 밑에서 바스락대는 유기견을 발견하고 머리카락이 곧추설 지경이었다. 나뭇잎 떨어지는 소리에도 '엄마야!'를 외치며 오렌지는 내 팔을 부여잡았다.

인도의 밤길을 조심하라는 조언을 수백 번 넘게 들었다.

특히 바라나시에서는 더욱 긴장하라는 글들이 인터넷에 수없이 올라왔다

릭샤왈라는 아예 내리더니 자전거를 끌었다. 오렌지와 나는 춥기도 했지만 마음이 불편해서 걷기로 했다. 호텔은 보이지 않고 물어볼 사람조차 보이지 않았다.

얼마를 지났을까? 큰길로 나가려고 하자 릭샤왈라가 말렸다. 다 왔다는 것이다. 그때부터 한 시간 정도를 헤맨 후 호텔을 발견할 수 있었다. 요금을 지불하기도 전에 왈라는 돌멩이를 가져오더니 체인을 두드려대기 시작했다. 깊이 잠든 도시를 깨울 듯한 기세였다. 밤새도록 두들겨도 바퀴가 고쳐지지 않을 듯했다. 오렌지는 요금만큼 팁을 더 주자고 했다.

"괘씸한데 팁은 무슨?"

방으로 들어오자마자 창문을 열었다. 예상대로 팁을 받은 릭샤왈라는 흔적도 없이 사라졌다. 골목을 훑어보던 오렌지가 '고장 난 자전거로 빛의 속도로 사라지다니 또 속았다'라며 털썩 주저앉았다. 그러다가 나를 위로하기 위해 오렌지가 말했다.

"노 프라블럼! 살아서 왔잖아요?"

꾸리마을 소녀, 랏따!

꾸리마을은 낙타 사파리를 위한 거점도시다. 멀리 보이는 사막의 지평선은 여행 오기 전 나의 일상처럼 아득했다. 나무 아래 앉아있는 내 곁으로 꾀죄죄한 동네 아이들이 왔다. 내 가방을 만지던 아이를 호통치는 15세 미나는 조숙했다. 앞가르마를 가르고 머리를 단정히 묶었다. 커다란 눈동자는 작은 얼굴을 다 차지했다. 동글동글한 미나는 상큼했다. 긴 눈썹을 말아 올리며 웃을 때마다, 웃음소리가 또르르 햇살 바퀴처럼 굴렀다.

"어디서 왔어요?"

"코리아"

인사 몇 마디를 나누는데 자신의 집에 초대하겠다고 말했다. 미나를 따라가는 동안 골목에서 동네 아이들이 두 명 따라 왔다. 미나의 여동생 랏따가 나타났다. 서구적인 마스크에 갈색피부를 가진 13살의 랏따는 귀여운 언니와 전혀 닮지 않고 조숙했다. 긴 갈색 머리가 금발수준 이상으로 빛났다. 갸름한 얼굴의 랏따는 진흙으로 빚어놓은 여신처럼 매

PALACE ON WHEELS

혹적이었다. 미나의 남동생 아루나는 2살이었다. 아루나를 옆구리에 걸친 미나는 영락없는 주부의 모습이었다. 미나는 자기 집 대문을 발로 차서 열었다.

전형적인 인도 민가였다. 마당을 중심으로 초가지붕인 위채는 부모님들이 살고, 아래채는 오빠 가족들이 살았다. 미나의 아빠와, 결혼한 두 명의 오빠는, 도시로 비즈니스 가고, 집에는 여자들만 있었다. 작은 오빠의 와이프는 스무 살이 갓 넘어 보였는데, 양쪽에 아이들을 안고 있었다. 미나가 소리쳤다.

"언니! 손님 오셨어요."

10명으로 불어난 동네 아이들이 마당까지 들어와 서로 가까이 오겠다고 싸웠다. 밀치는 바람에 내 가방에서 빗이 떨어졌다. 랏따가 얼른 줍더니 두 손으로 꼭 감쌌다. 랏따에게 선물로 줄 수도 있었지만, 아직 여행이 남아있었기에 망설여졌다. 곱슬한 내 머리는 비문명인 것처럼 산발해서 반드시 빗이 필요했다. 상황을 보던 미나가 랏따에게 다가가 따끔하게 혼을 냈다. 그리고 미안하다며 빗을 빼앗아 건네주었다.

미나는 짜이를 마시겠느냐고 물었다. 나는 고개를 끄덕이며 미나를 따라갔다.

"부엌을 구경해도 되겠니?"

"노오 프라블럼."

부엌은 상상할 수 없을 정도로 소박했다. 냉장고 가스레인지 그릇 싱크대 식탁 등, 우리에게 익숙한 살림살이는 없었다. 접시 서너 개와 냄비처럼 생긴 그릇 두 개가 전부였다. 숟가락 젓가락도 없다. 오른손으로 밥을 먹는다. 옷은 더러워지면 우물가에서 펌프로 끌어올린 물 한 바가지만 덮어쓰고 서 있으면 마른다.

미나가 안방이라고 안내한 곳도 흙으로 만든 방이었다. 텅 빈 곳에 소 한 마리가 있었다. 그 외 아무것도 보이지 않았다. 장롱은 고사하고 침대 티브이 이불이 없는 깨끗한 흙방을 보며 또 놀랐다.

미나가 짜이를 끓여 한 손으로 들고 나왔다. 보조가방 주머니에 꽂힌 수첩과 볼펜을 만지작대는 랏따에게 볼펜을 꺼내 선물했다.

"랏따는 왜 학교에 가지 않았니?"

"힌디스쿨을 잠시 다녔어요."

미나가 대신 대답을 하자 랏따가 언니 눈치를 보며 말했다.

"학교에 가고 싶지만, 미나 언니를 도와 동생들을 키워야 해요."

미나가 사진을 찍자고 했다. 인도사람들은 사진 찍는 것을 좋아했다.

마을 아이들과 미나 가족이 마당에 섰다. 분홍색 스카프로 얼굴을 가린 여자가 방에서 나왔다. 미나는 큰오빠 와이프라고 소개했다.

"하나! 둘! 셋!"

"잠깐!"

미나는 방으로 뛰어가더니 뭔가를 흔들며 나왔다. '써프라이즈!' 종이로 만든 태극기였다.

"지난주에 여행 온 한국인들이 있었어요."

사진을 찍고 나서 미나에게 얼마간의 돈을 건넸다.

"짜이 마신 감사의 팁이야."

"노오! 노오오오! "

손을 흔들며 미나는 끝까지 돈을 받지 않았다. 한 번쯤 할 수 있는 사양이 아니라 진심의 몸짓이었다.

빗을 꺼내 랏따의 머리를 빗기기 시작했다. 금발에 가까운 긴 머리를 가졌지만, 손질을 하지 않아 헝클어진 빗자루 같았다. 손도 까맣게 거슬려서 꿈꾸는 소녀의 손이라고 볼 수 없었다. 랏따에게 노랑 빗을 선물로 주었다. 얼굴이 까무잡잡한 미나에게는 분홍색 립그로스를 선물했다. 몇 번이나 햇살에 비춰보며 '좋아라!' 하는 미나를 보며, 내 몸속 독소가 빠지는 듯했다.

나는 미나의 순수한 친절을 보지 못하고, 물질로 갚으려 했다. 랏따의 머릿결보다 더 꼬여버린 나의 왜곡을 빗질해야 했다. 맑은 하늘이 별을 꺼내 반짝반짝 손 흔드는 밤이면, 보석같은 영혼을 가진 미나와 랏따가 그리워질 것이다.

사막에 와서 깨달았다. 사람에게 오아시스란 사람이라는 것을, 별이 뜨면 어린왕자에게도 알려주어야겠다. '세상이 아름다운 것은 지구에 살고 있는 사람들 때문이야.'

사막의 밤

낙타를 타고 가다가 보았다. 어마어마하게 큰 나무 아래 우물이 있었다. 여자들과 소녀들이 두레박으로 물을 퍼 올리고 있었다. 사막에서 하룻밤을 지낼 여행자들이 먹을 음식과 차를 만들기 위한 물이라고 했다.

타르사막 모래언덕에 밤이 오려는지 지평선이 마지막 힘을 다해 붉어지고 있었다. 저녁놀은 무릎을 접고 쉬고 있는 낙타 등에 편안하게 얹혀있다.

여행자들은 별을 기대했지만 달이 떴다. 이틀 후면 보름이다. 오렌지가 물었다.

"언니는 달에서 뭐가 보이나요?"

"가족들"

"우리나라 사람들은 절구 찧는 토끼를 생각하고, 중국 사람들은 멀리 뛰려고 웅크린 두꺼비를 떠 올린대요. 유럽 사람들은 책이나 거울을 든 여인이 보인다고 했는데, 아무리 보아도 내 눈에는 옥토끼 같은데요?"

달빛이 쏟아지는 사막에서 토끼 같은 어린 악사들이 준비한 환영식이 시작되었다. 무척 구슬픈 노래를 부르는 아이는, 낮에 오렌지의 낙타를 몰고 온 목동이다. 전통악기를 신나게 두드리는 소년은 내가 탄 낙타를 몰고 온 찬드라였다. 낙타가 재채기를 하면서 뱉어놓은 한 무더기 가래가 조끼에 묻었는데도 '노 프라블럼' 하며 옷을 털었다. 흥을 돋우느라 고래고래 소리치며 노래를 불렀다.

사막 한가운데 모닥불을 피워놓고 달과 함께 캠파이어를 하는 밤이 익어가고 있다.

감자와 고구마를 호일로 싸서 장작불에 묻었다. 미리 주문한 맥주와 치킨이 사막까지 배달되어 즐거웠다. 인도의 유명한 브랜드 '킹 피셔' 맥주를 마시며 누군가가 시작한 〈고향생각〉 노래를 따라 불렀다.

"해는 져서 어두운 데 찾아오는 사람 없어, 밝은 달만 쳐다보니 외롭기 한이 없네. 내 친구 어디 두고 나 홀로 앉아서 이일 저 일을 생각하니 눈물만 흐르네."

사막의 밤은 깊어갔다. 여행자들이 침낭과 텐트 속으로 들어갔다. 난생 처음으로 핫팩을 구입한 나는 이불 속에서 흔들었다. 그러나 밤새도록 온기가 없었다. 다음 날 아침에 본 '핫팩 사용법'에는 반드시 겉봉투를 뜯고 흔들어라고 되어 있었다.

고단한 사막의 아이들은 텐트도 없이 이불도 없이 낙타 곁에 쓰러져 꿈을 꾸었다. 옥토끼처럼 해맑은 사막의 아이들이 춥지 않도록, 하늘은 길게 떨어지는 유성을 끌어왔다. 은하수와 달무리로 장식을 한, 세상에서 가장 크고 예쁜 이불을 펼쳐 아이들 배꼽을 덮어주었다.

바보들의 합창

구두 밑창을 사라고 외치는 소년들이 몰려왔다. 짜이를 마시고 있는데 서로 가까이 오려고 몸싸움까지 했다. 10살 전후한 아이들이 학교에 가지 않고 여행자를 졸졸 따라다녔다. 그러다가 카메라를 들면 온갖 폼을 다 잡는다. 물구나무를 오랫동안 서 있던 아이는 팁을 받았다.

우리 일행 중 운동화를 신은 사람은 2명, 슬리퍼 2명, 나는 가죽구두였다. 딱 봐도 구두 밑창을 살 사람은 없었다.

시장에서 점심을 먹고 나오자 이번에는 식당 앞에 죽 앉아 기다리고 있었다.

"제대로 된 일을 찾아보렴. 여행자들의 튼튼한 신발을 어떻게 벗길 테야?"

진심 어린 충고에도 히죽히죽 웃기만 할 뿐이었다.

맛집이라고 인터넷에 소개된 가게를 찾아 오믈렛까지 맛본 우리는 릭샤를 타고 성으로 올라갔다.

고성을 천천히 둘러보고 나왔다. 그런데 입구에 구두 밑창을 흔들며 아이들이 기다리고 있었다. 제법 먼 길이었는데 걸어서 온 것이다.

"어떻게 알고 여기까지 왔니?"

"시장 다음 코스로 여행자들이 반드시 찾는 곳이 여기죠."

나는 아이들을 일렬로 세워놓고 구두 밑창을 든 소년들 손을 찍으며 물었다.

"왜 소득 없는 일에 시간을 버리고 있지?"

"꼭 소득이 있어야 하나요? 세상에 필요 없는 일은 없답니다."

나도 모르게 '번쩍' 고개를 들었다. 인도의 성자가 구두 밑창을 들고 나에게 메시지를 전하는 것 같았다

"이 세상에 필요 없는 일은 없다. 다음 단계로 가기 위한 과정일 뿐이다. 바로 이 아이들의 오늘도 조금씩 나아가는 다음 단계의 출발점이다."

내가 인도를 가겠다며 카메라를 빌려달라고 하자 친구가 말했다.

"인도는 왜 가니? 쓸데없이 돈만 허비하지."

'더구나 여자 혼자는 위험하다'며 찡그리는 얼굴을 보며 기가 막혀 웃고 말았다.

"쓸데없다니, 모르시는 말씀! 나는 인도에 가는 게 아니라 여행을 간다고."

남들이 보면, 소득 없는 여행을 하고 있는지도 모른다. 괜한 헛수고와 돈을 낭비하고 있다고 생각할 수도 있다. 여행을 하다가 17년 전 인도에서 만났던 인연들을 찾게 되면 사진을 전하겠다고 말했을 때, 친구의 눈에는 내가 한심한 바보로 보였을 것이다.

그러나 동서남북이 사막인 도시에서 아침에 눈을 뜨면 '오늘은 어떤 소년이 말을 걸어올까?'

나무에 앉았던 공작새가 날개를 펴는 기적을 보지 않을까? '누구를 만나 어디를 가게 될까?' 콩!콩! 뛰는 가슴을 주체할 수 없는 '나'라는 바보는, 지금 싸구려 구두 밑창을 갈아 신고 신나게 지구별을 여행 중이다.

독이 되는 적선

도로 한가운데 멈춰있는 릭샤를 향해 한 아이가 뛰어왔다. 기차역 근처였는데 차가 몹시 밀리고 있었다. 델리는 얼마나 많은 차들이 달리는지 사람의 힘으로는 도로를 건너가지 못할 정도였다. 횡단보도도 잘 보이지 않았다.

짧은 커트 머리에 노랑염색을 한 아이를 보고 처음에는 남자인 줄 알았다. 빠진 앞니를 드러내며 코믹하게 웃는데 여자였다. 여자아이는 풍선을 왼손에 들고 오른손을 내밀었다. 오렌지가 동전 하나를 얹어주었다.

잠시 후, 또다시 한 소녀가 왔다. 이번에는 빨강, 파랑, 노랑풍선을 한 아름 흔들면서 오더니 오렌지 손목을 잡고 돈을 달라고 흔들었다. 아이들이 한꺼번에 몰려올 것을 예상하며 못 본 체하자고 했더니, 일행 중 한 사람이 고개를 흔들었다. 돈을 건네고 받은 풍선을 나에게 나누어주며 말했다.

"대견하지 않아요? 가난하기 때문에 그냥 돈을 달라는 것이 아니잖아요? 아이들은 지금 풍선을 팔고 있는 거예요."

릭샤가 꼼짝할 수 없을 정도로 도로는 혼잡해졌다. 그런데 소녀가 사라진 방향에서 아이들이 달려왔다. 순식간이었다. 이번에도 알록달록한 풍선을 흔드는 수많은 아이들이 릭샤를 에워쌌다. 아이들끼리 서로 밀치는 바람에 릭샤가 뒤집힐 것처럼 흔들렸다.

불안감이 몰려왔다. '어쩌지?' 가난한 아이들에게 돈을 줄 때는 한 번 더 생각하고 주라는 블로그에 올라온 여행 후기가 떠올랐다.

릭샤왈라가 운전대에서 일어났다. 아이들을 쫓아 내기 위해 팔을 흔들며 고함을 질렀다. 그때 멀리서 막대기를 휘두르며 경찰이 뛰어오는 것이 보였다. 릭샤왈라가 여행자들을 돌아보며 힘주어 말했다.

"적선도 함부로 하면 독이 됩니다."

오아시스와 거북이

낙타 사파리를 위해 예정 없이 사흘을 더 머무르고 있었다.

자이살메르 사람들은 오래전부터 도시가 사막으로 변해간다고 걱정이 많았다. 그래서 세계의 환경보호자들도 특별한 조치를 계획하며 사막을 주목하고 있다.

높은 성벽에 올라 지평선을 바라보는 동안, 내 입에서 뜨거운 한숨이 나왔다. 저 어딘가에 오아시스가 있다고 했다. 사막 가운데 있는 오아시스는 어떤 모습일까?

바자르에 있는 사진 가게에서 인도 전통 옷을 입고 기념사진을 찍었다.

화려하게 머리치장을 하고, 사막의 여인들이 이고 다녔던 물 항아리를 옆구리에 끼고 포즈를 잡았다. 즉석에서 나온 사진을 받아들고 돈을 지불했다.

사막에서 물 나르는 여자들처럼 시장을 쏘다니며 웃다 보니 배가 고팠다. 뜨거운 햇살에 갈증도 났다.

길 건너편에서 맛있는 냄새가 날아왔다. 라면집 여자가 끓이는 음식 냄새에 홀린 듯 다가갔다. 여자는 인도산 매기 라면을 끓여 종이컵에 담아 팔았다. 너무 짜고 매웠다. 면발은 쫄깃하지 않고 풀어져 버렸다. 그래도 배가 고팠던 우리는 고소를 넣고 끓인 라면을 신나게 먹었다.

라면 끓이는 여자는 땡볕에서 바쁘게 움직였다. 여자의 남편은 쭉쭉 빵빵한 유럽 여자들 구경하느라 넋을 놓고 있었다. 여자가 큰소리로 남편을 불렀다.

그때야 여자의 남편이 손님들 자리로 다가왔다. 바지에서 거북이 모양의 화석을 꺼내 들고 우리에게 권했다.

"두 개에 700루피 오케이?"

자이살메르 사막에는 나무화석이 많다. 화석으로 만든 제품들은 이 지역 특산물이었다. 사막에 거북이라니… 여행지에서 만난 룸메이트 오렌지가 거북이 두 마리를 샀다. 그리고 나에게 귓속말로 말했다.

"라면 가게에서 오 분만 걸어가면 이 지역 유일한 오아시스 '가드시사르'가 있어요. 우리 거북이 한 마리씩 물에 넣어주고 옵시다."

오렌지의 기발한 제안에 내심 놀랐다. 그런데 일행 중 숙소에서 늦게 나와 우리와 합류한 동은이가 조르기 시작

했다.

"나도 인도 전통 옷을 입고 사진 한번 찍고 싶어요. 바자르에 같이 가 주실 거죠? 네?"

사진가게 위치만 알려주고 온다는 것이 깜빡했다. 저녁까지 먹고 공연장에 갔다가 밤늦게 숙소로 왔다. 오렌지는 몇 번이나 시계를 들여다보았다. 내일 단체로 카멜 사파리 약속이 되어있어서 새벽에 출발해야 했다.

"오아시스에 꼭 가야 했는데 어떡하지요? 점점 줄어가는 사막의 오아시스에 거북이를 넣어주며 오래오래 푸르게 살도록 기도하고 싶었어요."

나에게는 후회보다 오래갈 감동이 남았다. 그것은 사막처럼 삭막해져 가는 내 영혼을 적셔줄 것이다. 사막에서 또다시 느꼈다. '사람에게 오아시스란 사람이다'는 것을 오렌지가 보여주었다.

핸드페인팅 시상식

사막에서 맞이한 아침이었다. 소피가 마려워 모래언덕을 두 개나 넘었다. 일행들은 아침 단장을 위해 임시로 만든 울타리에 모여 있었다. 동서남북 아무도 보이지 않는 사막을 혼자 차지할 기회는 많지 않다. 나만의 버킷리스트 미션을 수행하기에 적당은 했지만 적요했다.

모래 위에는 여러 모양의 발자국이 있었다. 누가 다녀갔을까? 작은 발 하나가 동쪽을 향해 갔다. 사람 발자국은 아니었다. 일출을 향해 새가 걸어갔을까? 희미한 발자국이 두 줄로 나란히 그려져 있었다. 내가 알지 못하는 작은 벌레이거나, 가벼운 새가 걸어간 흔적이다. 큰 발자국도 있다. 어제 낙타를 타고 오다가 본 덩치 큰 공작새가 아른댔다. 인도의 국조가 공작새였다. 그래서인지 사막 가까운 마을에서 나무 위에 올라가 있는 아름다운 공작새를 자주 볼 수 있었다.

실크처럼 매끈한 모래언덕에 앉아 다리를 쭉 뻗었다. 사막에 태양이 솟아오르는 순간이었다.

마음을 가다듬었다. 지금부터 거룩한 시상식을 할 것이다. 그동안 고생한 손에게 상을 줄 것이다. 이 작은 손의 상상할 수 없는 헌신으로 지금 내가 사막에 와 있다. 큰 소리로 수상자를 불렀다. 그리고 감사의 마음을 전했다.

"고맙다. 나의 손!"

잠시 떠나는 여행을 위해 얼마나 많은 준비를 했던가? 단 시간에 그 많은 일을 해낸 것은 기적이었다.

남편의 와이셔츠 5장을 다림질했다. 전복죽은 끓여서 냉동실로, 프린터기의 엔트 키를 눌러 여행자료를 출력하고, 인도 관련 정보는 접어서 가이드북에 끼워 넣고, 가스레인지를 닦고, 김치찌개는 한 번 더 끓여놓고, 냉장고 계란은 떨어지지 않도록 정리하고, 신발장의 흙은 맨손으로 털어냈다. 거실에 있던 화분을 베란다로 옮기고, 지인들한테 안부를 전하느라 전화번호 터치를 오랫동안 했다. 헤아릴 수 없는 일을 내 손은 묵묵히 해냈다.

화분을 닦고, 먹다 남은 곶감은 냉동실로, 썩은 귤은 골라 버리고, 남편이 먹던 공진당은 눈에 띄게 정리하고, 입지 않을 옷은 장롱 깊숙이 넣었다. 오래된 칫솔을 버리고, 세면대 타올은 세탁기에 넣어 돌렸다. 서랍에 양말도 충분히 넣고, 먹다 남은 우유는 아깝지만 버렸다. 싹이 난 양파는 음식물 쓰레기통으로 보냈다. 또 있다. 고구마와 무를 신문지에 꼭 꼭 여며서 고무통에 담아 보일러실에 들여놓고, 대파는 뿌리 부분에 흙을 채워 물을 넣어주고, 침대 카버와 베갯잇은 먼지를 털고 세탁을 했다. 남편이 받은 상패의 먼지를 닦고, 보험회사에서 온 상품안내 전화를 받고, 발아 중인 홍연 씨앗에 물을 갈아주고, 다육식물은 수염을 하나하나 손질한 후 물을 흠뻑 주었다. 특히, 임신한 난의 꽃봉우리를 조심조심 다루며 이파리는 목욕을 시켰다.

나는 집안일에 덤벙대다 손가락을 베고 말았다. 임시로 붙여놓은 밴드가 인도까지 따라와서 쓰라림을 다독여주었다.

여행지에서 손이 없었다면 샤워도 못 했을 것이다. 볼펜을 쥘 수 없었고, 음식값을 계산하거나, 눈썹을 그리는 것도 불편했을 것이다. 화장실 휴지 사용도 못 했을 것이며, 눈곱을 떼기 위한 아침 세수도 불가능했을 것이다. 나를 향해 큰 소리로 질문을 했다.

"사막에는 왜 왔니?"

바람에 섞인 모래처럼 서걱대는 내 목소리가 낯설었다.

"상을 주려고."

손가락을 좌아악 – 최대한 크게 펴고 모래 위에 꾸우욱– 눌렀다.

손자국은 바람이 불면 모래에 묻힐 것이다. 그러나 흔적

이 없다 해서 사라진 것은 아니다. 지금 사막에 있는 나의 눈앞에, 내가 사는 마을의 천년 된 숲이 보이지 않는다고 해서 사라진 것이 아니듯 말이다.

손을 내려다본다. 아주 작고 못난 열 손가락이다. 그동안 나를 위해 희생한 손에게 핸드페인팅 상을 주었다.

저 모래 속에는 손금의 무늬와 지난밤의 보름달, 새벽 다섯 시 별들의 체취, 소변을 하다가 찾은 북극성의 윙크, 별똥별을 네 번이나 봤다는 사람들의 외침, 지리산 감자별을 떠 올리던 순간 떨어지던 유성, 우주의 문양이 들어있을 오아시스의 푸른 눈동자, 모래 구릉에 수많은 이야기가 황금처럼 묻혀 있을 것이다.

나 혼자만의 시상식 또한 보이지 않더라도, 영원히 사라지지 않을 퇴적물로 남을 것을 믿는다. 여행자는 떠나도 사막은 추억할 것이다.

감출 것 없는 사막의 속살을 알아버린 바람이 지휘봉을 들었다. 지구별에서 함께 여행을 하고 있는 고마운 손을 향해, 나는 바람 앞에 서서 소리 높여 축가를 불렀다.

꼭두각시 인형극

'우다이뿌르'는 호수의 도시로 유명하다. 호수 위에서 하늘까지 가득 채운다는 석양을 기대하며 부지런히 골목을 걸었다. 환전한 루피가 떨어졌다는 이유로 카드 계산이 가능한 고급식당을 찾았다. 인공호수인 피촐라 호수가 보이는 레스토랑을 투어리스트 매니저가 추천해 주었다. 오늘 밤늦은 시간에 아그라로 출발하는 기차표를 어렵게 구해준 사람이었다.

호텔 옥상의 레스토랑에 오르는 순간 붉게 타오르는 화롯불에 탄성이 나왔다. 옥상에는 노란 꽃송이들이 무리 지어 흔들렸다.

화강암과 대리석으로 지었다는 하얀 '시티 펠리스'와, '골든 펠리스'가 보였다. 레스토랑 옥상에 앉은 나는 달나라에 와 있는 듯 황홀했다. 템플에서 길게 울려 퍼지는 종소리 끝에는 별이 반짝였다.

옆 테이블에 금발아가씨와 푸른 문신을 한 근육질 남자가

식사를 하고 있었다.

사랑에 빠진 젊은 연인들의 미소는, 옥상정원의 꽃보다, 화롯불보다 아름다운 풍경이었다. 아마도 호수로 둘러싸인 이 도시로 여행 온 신혼부부 같았다. 와인을 홀짝이던 오렌지가 말했다.

"어쩜! 저 여자는 인어처럼 눈부시게 태어났을까요?"

콧물을 훌쩍이며 내가 대답했다.

"맞아요. 신은 불공평해요."

"천국이 있다면 저렇게 매력적인 근육질 남자들로 가득할 거예요. 그죠?"

"으이고!"

수제품인형을 파는 아저씨가 신혼부부에게 다가가고 있었다.

라자스탄은 꼭두각시 춤인 '퍼핏 댄스'로 유명한 고장이다. 인도뿐만 아니라 페르시아, 인도네시아, 러시아 등 세계 각지의 인형들도 한꺼번에 볼 수 있다.

아지씨는 실을 이용해 능숙한 솜씨로 퍼포먼스를 하고 있다. 눈이 왕방울만 한 왕비인형의 팔을 최대한 길게 뻗어

황제인형의 뺨을 사정없이 후려쳤다. 황제가 눈물을 닦는 시늉을 하자, 이번에는 왕비의 뾰족한 구두가 황제의 가슴을 사정없이 차 버렸다. 황제는 힘 없이 꼬꾸라지고 말았다.

아저씨가 돌아보며 웃었다. 장난기 가득한 아저씨의 미소 뒤로 신혼부부의 행복한 웃음소리가 들려왔다. 그때 '혹 우리도 꼭두각시 인형극을 하는 건 아닐까?'라는 생각이 들었다.

그러자 칼로 도려내는 것처럼 마음이 아파져 왔다. 아이를 낳고 인생을 살아본 여자들은 결혼생활이 결코 만만치 않다는 것을 알고 있다. 뜨겁게 활활 타오르는 저 화롯불도 불씨를 잘 덮어두어야 다시 살아난다. 그리고 불씨는 조심조심 다루어야 꺼지지 않는다. 사랑도 그렇다.

늦은 시간까지 호수 위에는 배가 떠다니고 인형극은 계속되었다.

다르질링 티를 마셨는데도 몸이 떨렸다. 화로에 타고 남은 재가 온 힘을 다해 마지막 불꽃을 피우고 있다. 시간이 흐르면 불기운도 사그라질 것이다. 아침이 되기 전 허망하게 다 꺼질지도 모른다.

여행자는 잠시 후면 이 도시를 떠나야 한다. 그리고 언젠가는 이 지구를 영원히 떠나야 할 시간이 올 것이다. 그러나 연극은 지구 어딘가에서 매일 밤 열릴 것이고, 객석의 관람

객과 무대의 출연자만 끊임없이 교체될 것이다.

신들의 나라에서, 어느 친절한 신이 인형극을 보여주며 삶의 힌트를 주었는지 모른다. 인형극을 하는 아저씨의 이마에 출렁대던 굵은 주름이 늙은 신의 얼굴처럼 신비했었다.

16세기 무굴제국에 의해 쫓겨 온 메와르 왕조의 비극이 승화된 도시! 수많은 신화와 전설을 간직한 우다이뿌르는, 아름다운 서사시 한 편이었다.

그림 마을의 전설

호텔에도, 식당에도, 리어카로 만든 소박한 가게에도, 세밀화 그림이 그려져 있는 우다이뿌르를 사람들은 '화이트 시티'라고 부른다. 예쁜 그림으로 도배를 한 마을에는 사람들이 예쁘게 살 것 같은 기대감이 있다. 아니면 시를 쓰는 시인이 분명 살고 있을 것 같다. 마을의 벽화를 그리는 화가는 마을 사람들이었다.

우리가 묵은 숙소의 방은 넓었다. 방 하나에 크고 작은 침대가 얼마나 많은지 20여 명이 잠을 자도 남을 정도였다. 역시 방 안의 벽에도 온통 그림으로 장식되어 있었다.

침대 머리에는 반야트리 나무 아래 서 있는 여인의 그림이 있다. 엽서에서 보았던 타지마할의 주인공 뭄타지마할과 닮았다. 화려한 옷과 장신구가 여자의 높은 신분을 말해주었다. 어두운 실내에서도 백옥같이 빛나는 그녀의 얼굴과 자태에 연거푸 감탄했다.

전화벨 소리, 샤워 소리, 릭샤 소리, 미니 엘리베이터를

수동으로 여닫는 소리, 여행자들이 늦게까지 드나드는 소리에 깊은 잠이 들지 못했다. 아침이 되자 오렌지가 제안했다.

"마사지 받으러 갈래요? 피곤도 쌓였고 감기 기운도 있고, 또 너무 추워서 마사지를 받으면 개운할 것 같지 않아요?"

인도의 유명한 아유베다 마사지 가게가 많아서 선택이 쉬웠다. 의학의 기원을 가진 아유베다는 오천 년 이상 인도사람들의 일상생활에서 활용되어 왔다.

우리는 안으로 들어갔다. 히터기 하나 없는 냉방 한 가운에 침대가 있었다. 손 씻을 물조차 없는 마사지 샵의 상태를 모르고 계약한 것이 불찰이었다. 물론 이곳에 오기 전, 몇

ARPALAC
water refill
clean water/less waste

군데 가게를 둘러보았다. 그런데 카운트 뒤에 묘한 매력의 귀부인이 그려진 세밀화 그림에 반해서 결정한 것이 잘못이었다. 이빨을 떨며 춥다고 했더니 주인은 오히려 당당하게 소리쳤다.

"마담! 노 프라블럼!"

"문제투성이인데 뭐가 괜찮다는 거에요?"

주인은 와이프와 함께 오토바이를 타고 골목으로 사라졌다. 잠시 후 와이프가 양손에 히터기를 들고 개선장군처럼 웃으며 돌아왔다. 이웃집에서 빌려 온 것 같았다. 열악한 시설에 웃을 수도 화를 낼 수도 없었다. 마사지를 하는 주인 와이프의 손이 차가워 깜짝깜짝 놀라면서도, 왠지 모를 미안함에 항의도 못 했다. 한 시간 반 마사지를 받는 동안 감기가 단단히 걸려버렸다. 아유베다 마사지를 받고 그림 속 여인처럼 매끈한 얼굴을 기대했던 꿈은 접어야 했다.

끝난 후 옷을 입고 콜록대자 주인 와이프가 따뜻한 차를 가지고 왔다.

"한잔 더 주시겠어요?"

고개를 흔들며 곤란한 표정을 짓는다.

"따뜻한 물이 없어요. 옆집에서 빌려왔답니다."

어이가 없어 일어서는데 주인 와이프가 말했다.

"당신은 추웠겠지만 내 육체는 온몸에 땀이 나도록 행복했답니다."

부드러운 목소리가 돌아서게 했다. 얼음 같은 손을 잡고 팁을 건네자, 카운트 뒤에 붙은 그림을 가리키며 말했다.

"오!오! 친절한 당신! 혹 저 그림 속 귀부인이 아니세요? 우리 마을에 옛날부터 전해오는 전설이 있는데요, 아름다운 영혼을 가진 귀부인이 가끔 우리 마을을 지나간대요."

소몰이 여인과 타지마할

아그라의 타지마할 뒤에 있는 야무나강의 저녁노을을 감상하고 싶었다. 그런데 릭샤왈라가 다리를 건너더니 엉뚱한 마을에 내려주고 가버렸다.

그가 잘못 알아들었는지, 일부러 그랬는지는 모르겠다. 내려보니 그토록 와 보고 싶었던 타지마할 강 건너에 있는 '브리' 지역이었다.

예전에 타지마할을 방문했을 때였다. 야무나강 건너편에 펼쳐진 숲을 보고 싶었지만 가는 방법을 몰라 포기했었다. 그런데 오늘 불친절한 릭샤왈라 덕분에 타지마할 건축물의 뒷모습을 감상할 수가 있었다. 강가 모래밭에는 새들이 무리 지어 있고, 풀을 뜯는 소와 양들이 어우러져 사진 찍기에는 더없이 좋은 배경이었다.

하얗게 빛나는 타지마할은 볼수록 동화 속 궁전 같았다. 타지마할을 완공한 샤자한 황제가 강 건너 이 자리에 자신의 무덤을 만들고 싶어 했다. 강 위로 다리를 놓고 죽어서도 왕비의 무덤을 오가려는 계획을 세웠다. 타지마할과 똑같은 형태의 검정 대리석 무덤을 만들려 했던 그의 꿈은 이루어지지 않았다. 샤자한은 아들에 의해 8년 동안 감금을 당했다. 멀리 타지마할이 보이는 아그라 성에 갇혀서, 뭄타즈 마할을 그리워하다 죽었다는 러브스토리가 세계의 여행자들을 인도로 오게 했다.

무굴제국의 왕과 왕비는 타지마할에서 죽었지만 함께 살고 있는지도 모른다. 불멸의 사랑은 기적을 만들었다. 지구상에서 가장 아름다운 건축물로 평가받는 타지마할은 '세기적인 사랑'이 탄생시킨 명작이다. 명작을 배경으로 입장하려고 줄을 선 사람들의 머리가 보였다. 관광객들이 얼마나 많은지 '브리' 지역으로 잘 왔다는 생각이 들었다. 인도인뿐만 아니라 세계의 여행자들이 저렇게 모여드는 이유가 뭘까?

샤자한이 사랑한 왕비 '뭄타즈 마할'은 어떤 매력을 가진 여자였을까?

샤자한은, 시장에서 싸구려 장신구를 팔던 열아홉 살 처녀를 보고 한눈에 반했다. 황제는 '궁전의 꽃'이라는 뜻의 뭄타즈 마할(Mumtaz Mahal)이라는 이름을 지어주었다. 신분이 낮았던 처녀는, '세계의 왕'이라고 불렸던 황제로부터 세상에서 가장 위대한 사랑의 증표를 받은 것이다.

야무나강 건너편에서 바라보는 타지마할은 또 다른 느낌이었다. 노을 속 타지마할은, 은은한 보랏빛 스카프를 두르고 하늘로 올라가는 성스러운 여인의 뒷모습이었다.

아직도 관광객들이 길게 줄 서 있는 모습을 보니 현기증이 났다. 나도 예정대로 타지마할로 갔더라면 저 어마어마한 검은 점 가운데 서 있었을 것이다.

강 건너 한가로운 마을에서 사진을 찍었다. 타지마할 뒷모습을 중심으로 붉게 물든 강과 소등에 앉은 하얀 새를 카메라에 담았다. 스카프로 얼굴을 가린 소몰이 여인도 찍었다. 여인은 나무작대기에 기대어 바위에 앉아있었다.

멀리서 모스크에서 울리는 기도 소리가 마이크를 통해 들려왔다. 무슨 내용인지 알 수 없었지만 마음이 정갈해지는 울림이 있었다.

사진을 찍기에 어두운 시간이라 밖으로 나왔다. 소를 돌보던 여인이 먼지를 일으키는 소들과 함께 걸어가고 있었다. 나무작대기만큼 가느다란 여인의 맨발에 복숭아뼈가 도드라졌다. 소들은 뿔과 근육이 장대하여 왜소한 소몰이 여인과는 대조적이었다.

하늘을 덮어버린 매연 탓에 기침을 해대며 숙소로 향했다. 시내를 빠져나오면서 타지마할이 걱정되었다. 이대로 가다가는 하얀 건물이 아니라 새까만 타지마할이 될 것 같았다.

사진을 정리하면서 흐릿하게 찍힌 것들을 지워버렸다. 그런데 삭제하기에 정말 아까운 사진이 있었다. 타지마할의 뒷모습을 바라보며 바위에 앉아있던 소몰이 여인이었다.

땡볕인 모래밭에서, 왕비의 무덤을 보러오는 수많은 여행객을 보며 여인은 무슨 생각을 했을까? 왕비를 위해, 무덤 궁전을 만들어 바친 샤자한 황제의 사랑이 부러웠을까?

소몰이 여인의 입장을 짐작해 보았다. 사나운 근육질 소들을 집까지 무사히 몰고 갈 수 있을까? 그래서 가족들과 함께 저녁을 먹을 수 있을까?를 걱정했을 것이다. 내가 그렇기 때문이다. '나는 인도에서 만난 사람들 이야기를 담은 배낭을 지고 집으로 돌아갈 수 있을까?'

'천방지축 황소처럼 날뛰는 내 마음을 다스려 마지막 영혼의 집까지 무사히 데려갈 수 있을까?"

아그라 카페

아쉽지만, 오늘 밤 아그라를 떠나야 했다. 여행지에서 만난 친구들 모두 호주머니를 털었다. 비싸더라도 느낌 있는 곳에서 늦은 점심을 먹기로 한 것이다. 가이드북을 뒤지던 오렌지가 자신 있게 손을 들었다.

"아그라 카페로 갑시다."

신기했다. 서울에서는 한발만 움직여도 보이는 것이 카페 간판이다. 인도에도 드문드문 카페가 들어서고 있었다. 카페는 가정과 직장이 아닌 제3의 공간이다. 바쁜 일상에 지친 현대인들은 출입이 자유롭고, 눈치를 보지 않아 마음 편안하고, 맘껏 수다를 나눌 수 있는 장소를 찾는다. 인도인들의 삶도 그만큼 바빠지고 복잡해졌다는 이야기다.

몇 번 인도를 왔지만 와인을 마시는 것이 이번이 처음이었다. 술을 팔거나 술을 마시는 가게를 거의 볼 수 없는 곳이 인도다. 뉴델리에서 'BAR'의 간판을 본 적은 있지만, 위험할 수 있다는 생각에 가지 않았다.

'아그라 카페'는 서울 청담동과 비교해도 뒤지지 않을 인테리어가 멋진 곳이었다.

벽면에 다양한 술병이 빽빽하게 진열된 것을 본 우리들은 눈이 휘둥그레졌다.

굶주린 뇌를 유혹하는 맛있는 요리와 향기는 정신을 잃게 했다. 거울을 통해 홀을 둘러보았다. 고급스런 접시에 화려하게 차려진 음식을 앞에 놓고 담소하는 유럽 여행자들, 맥주잔을 마주 들고 하트를 날리는 연인들, 현지인보다 외국 사람들이 훨씬 많았다.

시원한 맥주와 매콤한 탄두리 치킨, 달콤한 바나나 라시를 시켰다. 가난한 여행자들이 가는 동네시장의 음식과는 차원이 달랐다. 평소보다 많은 돈을 지불했지만 아깝다는 생각이 들지 않았다.

강물이 현저하게 줄어들어 초라한 야무나강의 몰골도, 수많은 주물공장에서 뿜어져 나온다는 독가스에 뿌연 하늘을 가진 아그라 시내도, 숨이 막히도록 긴긴 여행객의 행렬도 … 또 있다. 아그라 성을 가는데 반대편에 내려놓은 릭샤왈라 때문에 땀 흘리며 땡볕을 걸어야 했었다. 덕분에 길에서 이발하는 현지인들을 보았다. 이발하는 저 청년도 오늘 뭄타지 마할처럼 아름다운 여인을 만날 약속이 있는지도 모

른다.

아그라 성 입구에서 원숭이가 과일 봉지를 급습하는 바람에 큰 화를 당할 뻔했다. 새끼원숭이 머리를 뒤져 이를 잡는 원숭이가 보였다. 오렌지가 은근히 슬픈 상상을 건넸다.

"저 원숭이! 혹 샤자한의 환생은 아니겠죠?

아그라에서 보름달을 보지 못했다. 타지마할 야간개장일에 맞추기 위해 많은 것들을 포기하고 왔었다. 입장을 못 하게 되어 기분이 상했다. 달밤의 타지마할 대신 숙소 옥상에 올라가서 계란 노른자처럼 풀어진 보름달 사진만 찍어야 했다.

아쉬웠던 모든 것들을, 킹 피셔 맥주에 담아 높이 들고 '원샷!'으로 시원하게 날려버렸다.

신을 닮은 사람들

부처님 최초의 설법지인 사르나트를 둘러보고, 힌두교 성지인 바라나시로 돌아오는 길이었다. 릭샤왈라가 귀찮을 정도로 질문을 해댔다.

"어디로 갈 거야?"

"갠지스강 가에서 친구를 만나기로 했어."

"친구와 무얼 할 예정인데?"

"함께 점심을 먹기로 했어. 랏시도 마시고, 보트도 타고, 악기와 요가도 배우고, 뿌자도 보고, 화장터도 보고… 음 성자도 만났으면 해."

나를 빤히 쳐다보던 릭샤왈라가 다시 물었다.

"그 많은 것들을 꼭 다해야 하니? 바라나시에서 할 수 있는 것만 하는 게 어때?"

너무 멀리 돌아간다는 생각이 들었지만, 사람들이 많은 시장구경에 정신을 놓고 있었다. 나를 내려 준 곳은 갠지스강 제일 위쪽에 위치한 아시가트였다. '아차' 싶어서 항의를 하려는데 이미 릭샤왈라는 건물 뒤로 사라져버린 후였다. 메인가트로 연결되는 도로의 중심지 '고돌리아'에 내려주었더라면 쉽게 찾아갈 수 있었는데, 멀리 떨어진 곳에 내려놓다니….

질문을 계속 던졌던 릭샤왈라의 꿍꿍이속을 알 것 같았다.

화가 나서 씩씩대며 복잡한 골목을 빠져나왔다. 바라나시의 골목과 골목들은 복잡하게 얽혀있지만 모두 강으로 이어져 있다. 그래서 길을 잃으면 무조건 강으로 나와야 했다. 이제 약속장소를 찾는 것은 자신 있었다. 여행 중 만난 친구들과 12시에 '멍 까페'에서 만나기로 했었다. 새벽에 갠지스강 일출을 본 후 사르나트를 왕복으로 급히 다녀온 것도 약속 때문이었다.

아시가트는 사람이 없어 한적했다. 여행자들도 보이지 않았다.

반달처럼 길게 휘어진 갠지스강물을 따라 걸었다. 약속지점을 바라보니 까마득했다. 뜨겁게 달구어진 공기를 온몸에 바르고 태양을 마주 보며 걸었다. 양산도, 부채도, 물도 없었다.

오른쪽은 강물이 흐르고 왼쪽은 낡고 오래된 건물이 늘어서 있다. 작은 보트를 이용하는 방법도 있겠지만, 혼자라서 불안했다. 약속 시간이 두어 시간 남았으니 부지런히 걸어가면 친구들을 만날 수 있을 것이다. 씩씩하게 걸었다. 그러나 오래된 신발 바닥이 벌어져서 불편했다. 물집이 생긴 발가락 때문에 걸음걸이도 어둔해졌다. 더워서 겉옷을 벗어야 했다. 신발을 벗고 양말만 신고 걸었다.

태양도 나를 향해 점점 가까이 다가왔다. 갈증이 심한데 생수도 없고, 아이스크림 가게도 보이지 않았다. 가도 가도 더 멀어지는 것 같은 이상한 공간에 와 있었다. 괘씸한 릭샤왈라 때문에 고생하다니….

씩씩대는 내 앞에 홀연히 얼굴과 몸에 흰 칠을 한 사두가 나타났다. 긴 작대기를 짚고 작대기보다 가느다란 다리로 내 앞을 걸어가고 있었다. 수염이 긴 사두 뒤를 그림자처럼 따라 걸었다. 바라나시에는 깨달음을 얻기 위해 평생 고행을 하는 수행자들이 많다.

나에게는 몇 가지 미션이 있었다. 바라나시에서 성자를 찾는 것도 그중 하나였다.

갠지스강을 바라보며 명상하는 성자를 만날 수 있다고 어느 글에서 읽었다. 50년 동안 명상을 한 수행자의 눈빛은 얼마나 깊을까? 성자를 찾느라 내 눈은 발걸음보다 앞서 걸었다.

이마에 가로선 3줄은 시바신파, 세로선 3개 줄은 비슈누파라고 했다. 바라나시에 도착하자마자 삼일 동안 강가에 나갔지만 성자를 만나지 못했다. 아니 성자를 찾을 여유가 없었다는 것이 정확한 표현일 것이다. 일행들과 함께 온종일 몰려다니다가 숙소에 돌아오면 일기도 쓰지 못할 정도로 피곤했다.

앞서 걷던 사두는 적당한 자리에 앉더니, 손바닥 크기의 파라솔을 폈다. 그리고 눈을 감고 명상을 시작했다. 그 옆에 주저앉아 나는 사두를 따라 눈을 감았다.

수많은 여행자들이 강가의 신성함에 빠져, 더러는 성자가 되었다고 했다. 궁금했다. 어쩌면 이 분이 성자가 아닐까? 크고 맑은 눈동자와 태양에 그을린 피부, 긴 수염 사이로 꼭 다문 입매가 책에서 보았던 성자를 닮았다. 그를 성자라고 믿고 싶었다. 얼마나 지났을까? 성자가 나를 깨우더니 물었다.

"왜 이곳에 왔지?"

"…"

나에게 말을 걸어주다니… 감동하며 되물었다.

"선생님은 왜 이곳에 계신가요?"

"신을 닮은 사람들 때문에."

여행은 사람을 만나는 것이다. 나는 인도가 좋았다. 처음에는 그 이유가 인도의 다양성 때문인 줄 알았다. 시간이 흐를수록 내가 만난 사람들 때문에 인도가 좋아졌다는 것을 깨달았다.

어머니의 강에서, 오래된 시간이 흐르고, 강가에서 살아가는 사람들의 리얼스토리가 여행자의 영혼을 적셔놓고, 신들의 축복이 쏟아지는 바라나시는 '영적인 빛으로 충만한 도시'였다.

분주하지 않은 '아씨 가트'에 내려놓은 릭샤왈라는 알고 있었다. 바쁘게 이곳저곳을 기웃대며 제대로 여행하는 법을 모르는 나에게 가르쳐 주고 싶었을 것이다.

나는 성자를 찾을 필요가 없어졌다. 인도 어디에서나 바라나시에서 만난 릭샤왈라처럼 무르익은 영혼을 가진 사람들을 만날 수 있기 때문이었다.

HOLY BIN! 신성한 손

바라나시 강을 따라 걷고 있었다. 개가 길게 누워있는 길을 돌아가야 했고, 배를 타라고 손을 흔들며 부르는 보트왈라가 따라오기도 했다. 빨래 널어놓은 곳을 피하다가 계단에서 엎어져 손바닥에 피가 났다. 피를 닦기 위해 손수건을 꺼내다가 가방 안에 든 사진 한 장도 꺼냈다. 그 옛날 이곳 어디쯤에서 디아를 팔던 자매의 사진이었다. 이번 여행에서 소녀를 찾아보려고 실은 어제도 이 길을 걸었다.

17년 전, 인도여행을 왔을 때였다. 바라나시의 갠지스강가에서 며칠 동안 머물면서 가트 주변에서 디아(촛불)를 파는 소녀와 그 동생을 만났다. 이른 새벽에 어둠 속에서 소녀가 나타나더니 불쑥 디아를 내밀었다. 언니를 따라온 이마가 툭 튀어나온 동생은 '디아를 사 달라'는 말 대신 두 눈을 반짝였다. 돈을 건넸더니 동생이 더 밝게 웃었다. 소녀가 성냥을 건넸다.

"디아를 띄우면 한 가지 소원이 이루어진대요."

"네 소원은 뭐니?"

소녀는 망설이다가 작은 목소리로 대답했다.

"학교 가고 싶어요."

"같이 소원을 빌어볼까?"

바람이 불어서 성냥을 켜기가 쉽지 않았다. 노랑꽃으로 장식한 디아를 강에 띄워 놓고 사진을 찍었다. 그리고 사진을 보내주겠다며 주소를 가르쳐 달라고 했다. 동생이 언니 눈치를 보더니 작은 목소리로 말했다.

"주소가 없는데요."

"그럼 어디서 사니?"

"이 근처요."

이번 여행을 계획하면서 디아를 팔던 그 소녀를 만나보고 싶었다. 소녀의 사진을 확대해 뽑아놓고 몇 번이나 들여다보았다. 바라나시 가트에서 만난 툭 튀어나온 이마가 닮은 자매는 사진 속에서 앳된 소녀였다.

그 후 소녀는 학교에 다녔을까? 갠지스강의 신이 학교에 가고 싶다던 소녀의 소원을 들어주었다면, 지금쯤 그녀는 졸업을 하고 좋은 직장에 다니고 있을지도 모른다. 소녀가 어떻게 성장을 했는지 궁금했다.

디아를 팔던 소녀는 서른 살이 넘었을 것이다. 그동안 결혼을 하고, 아침이면 아이들을 깨워 학교에 보내고, 오늘은 직장에 출근했을지도 모른다.

강가의 보트 왈라에게 사진을 보여주었다.

"혹, 이 사람 본 적이 있나요?"

"노오!"

낡은 건물 앞에서 손수레를 끌고 다니며 짜이를 파는 사람에게 사진을 보여주었다.

수많은 계단 바닥에 젖은 빨래를 널어놓고 앉은 여자한테도 물어보았다.

"오래전에 디아(촛불)를 팔던 소녀인데 아시나요?"

"노! 마담!"

너무 많은 날들이 지나가 버렸다. 내가 찾는 소녀는 이 사람들과 옷깃 한번 닿은 적이 없었는지도 모른다.

다음날도 '마살라 도사'가 유명하다는 식당 주인한테도, 실크 스카프를 파는 오래된 사원 앞 가게주인한테도 확인해 보았다. 그 어디에서도 소녀의 소식을 들을 수가 없었다.

소녀는 어디에서 살고 있을까? 무엇을 하든 소녀는 바라나시를 잊지 못할 것이다.

예상은 했지만 허탈했다. 소녀를 꼭 찾겠다는 것은 아니었다. 갠지스강을 따라 터벅터벅 걸었다. 건물 그늘에서 인도의 전통악기인 시타르와 요가를 배우는 여행자들이 보였다. 시멘트 바닥에서 올라오는 열기에도 '크리켓게임'을

하며 땀 흘리는 아이들도 있었다. 30년 전에 일본 여자가 시집와서 운영한다는 '쿠미코 게스트하우스'를 찾아보았다. 또 어디쯤에선가? '마더테레사 하우스'를 찾아 두리번대기도 했다. 너무 더워서 건물그림자가 있는 골목으로 들어갔다가 놀라 뛰쳐나왔다. 인도 청년들이 모여 카드놀이를 하고 있었다. 이번 여행에서는 카드에 몰입하는 현지인들을 많이 보았다.

물집 잡힌 발이 따갑고 아려서 계단에 주저앉았다. 그때 내 눈에 초록색 깡통이 보였다. 선명한 글씨가 눈에 확 띄었다.

"HOLY BIN!"

쓰레기통이 바라나시의 '신성한 손!'이라니. 역시 상상 밖의 인도였다.

바라나시에서 소녀 대신, 성자 대신, '신성한 손'을 만

났다. 바라나시의 신성한 손은 쓰레기통이었다. 내 손을 내려다보았다. 수많은 일을 가능케 하는 인간의 손은 다 신성하다. 가족들을 위해 열심히 일하는 사람들의 두 손은 누가 뭐래도 신성하다.

나는 나무막대기를 주워들고 깡통을 두드렸다. 골목 입구에서 카드 패를 든 청년과 눈이 마주쳤다. '뭐지?' 하는 표정이었다.

힌두교 최대성지인 바라나시! 갠지스강 가에 앉은 나는 숨쉬기조차 힘들었다. 뜨거움 때문이기도 했지만 또 있다. 전 세계 여행자들이 꿈꾸지만, 인도가 허락하지 않으면 올 수 없다는 이 신성한 어머니 강에서, 도박으로 시간을 보내는 청년들 때문이었다.

처음에는 북을 치듯 '쿵짝' '쿵짝' 리듬을 넣었다. 그러다가 점점 세게, '쿵쿵짝' '쿵쿵짝' 나중에는 '쿵쿵 짝짝' '쿵쿵 짝짝' 깡통을 두드려댔다. '마담! 왜 그래?' 하는 표정으로 청년들이 골목에서 뛰쳐나왔다. 긴 막대기를 잡고 깡통에 적힌 글자를 짚었다.

'H O L Y B I N!'

17년 전, 쌀쌀한 새벽에 동생 손을 잡고 디아를 팔던 소녀 사진을 들고 또박또박 말하고 싶었다.

"신성한 손으로 도박은 노!"

멍 카페와 금수저

'멍 카페'는 바라나시를 다녀온 한국 여행자들한테 꽤 알려져 있다.

판데이 가트에 있는 선재네 가게는 한국 여행자들이 많이 온다. 가이드북 정보대로 선재네 '멍 카페'에서 어머니 강을 바라보며 짜이를 마시고 싶었다.

선재는 동국대학교 어학당에서 공부를 했다는 인도 청년이다. 갠지스강에서 동생들과 함께 식당과 보트를 가지고 성실히 살고 있었다. 선재네 보트로 투어를 할 때면 선재가 한국어로 설명을 해 준다. 선재의 해박한 지식에, 새롭게 다가오는 바라나시의 느낌을 여행자들은 잊지 못한다.

일행들과 한국 음식을 먹고 난 후, 갠지스강을 바라보며 멍 때리는 시간을 갖기로 했다.

선재네 '멍 카페'의 다양한 음식 중 고추장을 올린 비빔밥은 환상적이다. 쌀밥도 반짝반짝 윤기가 돌고, 뜨거운 돌솥밥에 계란프라이 한 장, 그 위에 얹은 참기름과 고소하게 볶은 참깨에 탄성이 나왔다. 음식 재료가 한국과 똑같다. 특히 우리나라 커피믹스와 라면은 박수 세례를 받았다. 인도뿐만 아니라 네팔에서도 인기가 아주 높은 제품들이었다.

배가 방실하도록 점심을 먹은 우리는, 한국까지 맛집으로 소문난 플레인 라시를 맛보러 갔다. 그동안 더위에 익은 속을 시원하게 진정시키고 싶었다.

과일을 예쁘게 올린 요거트 라시는 기대 이상의 맛이었다. 80년이 되었다는 '블루 라시' 가게는 전 세계 여행자들한테 인기였다. 한 면의 벽을 차지한 한국어 낙서가 반가웠다. 여행자들이 가게를 홍보하는 글과 친구를 찾는다는 내용이 대부분이었다.

몇 번의 인도여행에서 흙 잔에 담은 짜이는 마셔봤다. 그러나 흙 잔에 요거트 라시를 먹기는 처음이었다. 일행 중 취직시험을 준비한다는 청년이 말했다.

"나는 시험에서 수십 번 떨어졌어. 금수저로 태어났다면 이 고생을 하지 않았을 테지?"

또 다른 청년이 끼어들었다.

"그래. 등록금이 없어서 휴학 중인 나도 흙수저가 분명해."

라시를 다 먹은 청년들은 흙으로 빚은 잔을 땅바닥에 내

동댕이쳤다. 그릇은 파열음으로 비명을 지르더니 산산조각이 났다. 격해진 출생 신분 타령에 모두가 멍해졌다.

그동안 분주하게 돌아다녔던 일행들은 오늘만큼은 강을 보며 명상을 하기로 했었다.

그런데 라시 잔을 들고 출생 신분을 가늠하는 사이 하루가 저물고 말았다. 일행들이 숙소로 돌아간 뒤에 오렌지와 함께 강가 가트에 앉아있었다.

"오렌지는 어떤 잔일까? 유리? 금? 은? 플라스틱?"

"우리가 흙수저라면 인도까지 왔을까요?"

오렌지는 나를 놀라게 하는 재주를 가졌다.

"흙잔이면 어때요? 이미 우리들의 삶이 황금 같은 시간으로 가득 채워져 있는데요?"

두 손을 들고 항복했다. 오렌지는 성숙한 금수저가 틀림없었다.

바라나시 화장터

저녁노을을 보기 위해 이른 시간에 갠지스강으로 나갔다.

좁디좁은 골목길을 지나고 있었다. 소똥을 밟지 않을까? 이상한 사람을 만나지나 않을까? 긴장하며 걷는데 골목 끝에서 소리를 지르며 사람들이 오고 있었다.

"람 람 사뜨 헤, 람 람 사뜨 헤!"

두 남자가 대나무로 엮은 받침대를 들고 오는데, 직감적으로 사람시체라는 것을 알 수 있었다. 주홍빛 천으로 시체를 감싼 운구행렬이었다. 겨우 피하자 또다시 사람들 목소리가 들렸다. 큰 소 두 마리가 버티고 있는 골목에서, 우물쭈물하다가는 시체와 몸이 닿을 것 같아서 선물 가게로 뛰어들었다. 주인아저씨가 고개를 흔들며 반겨주었다. 그리고 방금 사람들이 소리치던 주문에 대해 설명을 했다.

"'람 람 사뜨 헤' 는 시신을 옮길 때 합창하는 말인데 '신의 이름은 진리다.'라는 뜻이라오."

무슨 말인지 이해가 가지 않았지만 웃어주고 가게를 나왔다.

가트를 따라 걷다 보니 마니카르니카 화장터까지 왔다. 이곳에는 수많은 가트가 있는데, 가트는 강과 맞닿아 있는 계단을 뜻한다. 갠지스강 가에서 마니카르니카 가트의 화장터는 가장 규모가 크다.

시신을 태우는 연기가 하늘을 덮었다. 나무토막을 저울로 달고 있는 노인 곁에서, 소 한 마리가 검은 비닐봉지를 입에 물고 섰다. 검은 개가 뼈다귀를 물고 재빨리 달아나다가 일꾼이 던진 장작에 맞아 먹이를 떨어뜨렸다.

어린아이들이 물속에 들어가더니 뭔가를 줍고 있었다. 나중에야 죽은 사람의 몸에서 나온 금붙이라는 것을 알았다. 바라나시에 오면 누군가는 삶을 보고, 누군가는 죽음을 생생하게 보고 느낀다.

가트 앞 물에는 풀어헤친 금잔화 꽃목걸이 사이로 불에 거슬린 사람 다리가 보였다. 까마귀가 시체 위에 올라가 부리로 쪼고 있다. 그 사이로 나룻배가 들어왔다. 이동해온 나무를 옮기는 노인 곁에서 어린 소년이 거들고 있다.

시체를 전기로 태우는 방법도 있는데, 인도인들은 전통적으로 장작에 태우는 것을 원했다. 보통 3시간이면 다 태우는데 요금은 각각이었다. 돈을 적게 주면 다 태우지 못한 시체를 그대로 강으로 던지기도 했다.

붉게 물들기 시작하는 강과 하늘을 보며 강 한가운데로 나갔다. 보트 위에서 손을 모아 바람을 막고 디아(촛불)에 불을 붙여 강에 띄웠다. 금잔화 꽃잎 한가운데 있는 촛불을 따라 물결이 출렁댔다. 강 위에 떠다니는 디아가 별처럼 빛났다.

보트 왈라는 갠지스에 전설처럼 내려온다는 러브스토리를 들려주었다.

"식당을 운영하는 현지인 청년이 있었어요. 한국에서 여행 온 여성을 짝사랑했대요. 어느 날 밤 가난한 청년은 돈을 털어 갠지스강에 천 개의 디아를 띄워 놓고 프러포즈를 했답니다."

보트 왈라 이야기는 여행자들의 눈빛을 별처럼 반짝이게 했다.

"러브스토리의 주인공이 본인 아닌가요?"

여행자들이 '맞다'고 박수를 보내는 동안 보트왈라는 무표정으로 강물만 응시했다.

멀리 낡은 건물들이 보였다. 창 없는 방에서 누군가가 움직이고 있었다. 강을 내다보고 있는 노인이었다.

힌두교인들도 늙으면 갠지스강에서 죽는 것이 평생소원이라고 했다. 그래서 뼈만 남도록 물 한 모금 먹지 않고 서서히 죽어간다. 매일 아침, 강에서 몸을 씻으면 그동안 쌓은 죄업이 모두 씻겨져 나간다고 여겼다. 끝내는 죽은 육신을

भारतीय स्टेट बैंक

강가에 뿌리면 윤회의 사슬이 끊어진다고 믿었다.

"지금도 죽음을 기다리는 노인들이 많은가요?"

"무슨 말씀을? 다 옛날이야기가 되었지요. 요즘은 드물어요."

현지인 보트왈라가 머리를 흔들며 덧붙여 말했다.

"이 좋은 세상에 누가 죽고 싶겠어요?"

보트를 타고 조금만 이동하면 다샤스와메다 가트가 나온다. '아르띠 뿌자' 의식을 보기 위해 수많은 사람들이 몰려오는 곳이다. 뿌자가 진행되는 동안 조금 전 보았던 화장터의 슬픔은 까마득하게 잊어버렸다. 너무나도 극명하게 대비되는 공간이었다. 고요함과 소란함의 경계에서, 삶과 죽음의 경계에서 정신이 혼미해졌다.

뿌자는 갠지스강의 여신에게 바치는 힌두교 제사의식이다. 인도인들이 신과의 소통을 위해 매일 밤 행하는 의식으로, 세속을 초월해 신의 세계로 들어가고자 하는 수단이고 행위라고 한다. 건장한 브라만 사제들이 단상에 올라 절도 있는, 일관된 동작을 반복한다. 강으로 이어진 계단에는, 전 세계에서 온 수많은 여행자들과 사두들이, 손을 모으고 경건하게 기도를 하고 있다. 세계에서 유일한 강가의 뿌자를 보기 위해 보트를 타고 관람을 하기도 한다. 여행자들을 태운 작은 배가 매일 밤 갠지스강을 뒤덮는다.

조금 전, 화장터의 연기와 재를 기억하는 내 오감이, 뿌자를 보는 동안 깊은 물결처럼 잔잔해졌다.

뿌자를 보는 사람들의 표정은 다채롭다. 두 손을 잡고 기도하는 연인들, 디아를 담은 소쿠리를 안고 넋을 잃은 소녀, 흰 수염으로 가슴을 덮어버린 사두, 디아를 가족 수만큼 띄워 놓고 기념촬영을 하는 여행자, 막대기를 내려놓고 보트가 움직이는 대로 흔들리는 보트 왈라, 그리고 머리를 스카프로 두른 유럽 여자는 머리 위까지 팔을 올리고 기도를 한다. 맨발인 여자가 젖먹이를 안고 있는 곁에서 화장을 고치는 일본 여행자도 보였다.

이 많은 사람들은 어디에서 왔을까? 무얼 하다 왔을까? 앞으로 뭘 하게 될까?

삶은 여행이다. 나는 인도로 여행을 왔지만, 내가 만난 사람들을 여행하고 있었다.

배를 저어 갠지스강 한 가운데로 나아갔다. 강가에 즐비한 사원들은 3천 년 이상의 역사를 가졌다고 한다. 죽음은 또 하나의 거룩한 탄생이라는 것을 어머니 강 갠지스가 온몸으로 보여주었다. 낡은 건물 뒤로 넘어간 태양을 향해, 내일 아침 새롭게 태어날 세상을 향해 잠시 묵념했다.

노 프라블럼!
— 고락뿌르 행 야간열차

바라나시에서 고락뿌르행 기차는 밤 12시 30분에 있었다.

이른 새벽에 도착하면 위험할 수 있으니, 일부러 늦은 밤 시간대의 기차표를 끊었다.

두 시간 일찍 역으로 나와 전광판을 보고 확인을 했다. 인도에서는 기차를 타는 플랫폼이 바뀌기도 한다고 들었다. 신세대 여행자들은 스마트폰에 앱을 깔아 기차가 어디쯤 오는지 파악을 한다. 그러나 상상이 불가능한 인도에서는 연착이 예사라는 것쯤은 상식이었다.

델리행 기차표를 가진 중년 남자는 친절했다. 네팔 카트만두를 여행하고 오는 길인데, 자신의 직업을 전기 관련 엔지니어라고 소개했다. 그는 친구 가족들과 함께 보름째 여행 중이라고 했다. 기념사진을 찍는데, 두 집 가족 모두 합해 30명은 되었다.

인도사람들이 여행을 떠날 때 온 가족이 함께 움직이는

것은 유명하다. 처음에는 기차역 근처에 누워있는 사람들이 모두 집 없는 거지인 줄 알았다. 아니었다. 여행을 하다가 대책 없이 연착되는 기차를 기다리는 사람들이 더 많았다.

베이지색 가죽점프를 입은 중년 남자는 복잡한 기차까지 올라와서 좌석을 확인해주었다. 착한 미소를 가진 전형적인 인도 아저씨였다. 사랑하는 가족과 함께 여행을 하는 훌륭한 가장이었다. 아저씨는 우리들 배낭을 체인으로 묶어주고 일어나더니 이별의 악수를 청했다.

"감사해요. 도착이 걱정됩니다."

"노 프라블럼!"

아저씨 말에 신기하게도 마음이 놓였다. '노 프라블럼!'이라니… 추억 하나가 나를 감쌌다.

17년 전, 나는 고락뿌르로 가는 기차에서 큰 배낭을 통째로 잃어버렸다. 아이들과 함께 여행할 때였다. 기차를 타자마자 딸아이의 좌석을 찾아주기 위해 한 칸 앞으로 가야 했다. 일단 무거운 배낭은 작은 아이 옆자리에 내려놓았다. 3분이나 지났을까? 작은아이가 있는 자리로 돌아와 보니 배낭이 보이지 않았다.

"가방은?"

"어떤 아저씨가 들고 곧바로 엄마를 따라갔는데요?"

아이와 함께 기차 안을 뒤졌지만, 인도인 얼굴이 모두 비

शयनयान
SLEEPER CLASS
Mountain Dew

슷하게 생겨서 찾을 수가 없었다. 아이는 가방을 잃어버렸다는 사실에 말이 없어졌다. 나는 아이를 꼭 안아 주는 것 외 다른 방법이 없었다.

"괜찮아. 좀 불편하겠지만 짐이 가벼워서 좋지. 뭐"

안심을 시켜도 걱정을 하는 아이들의 표정은 어두웠다. 그때 앞자리에 앉은 흰 수염을 가진 노인이 우리를 향해 손을 들고 말했다.

"노 프라블럼!"

신기했다. 흰 수염을 가진 노인은 우리를 계속 지켜보고 있었던 것이다. 가방을 잃고 허둥대는 모습을 다 보았을 것이다. '노 프라블럼!'이라니… 그런데 흰 수염을 가진 노인의 음성이 계속 귀에 맴돌면서 거짓말처럼 마음이 편안해졌다. 네팔을 가기 위해 탄 야간기차 안에서 중요한 물건을 몽땅 잃어버렸는데도 불편하지 않았다. 여행지에서 만난 한국인들이 썬크림, 보조가방, 양말, 생리대, 소화제 등을 나누어 주었다.

힘들 때마다 위로가 되는 이 멋진 문장이, 인도에 있어 다행이었다.

"노 프라블럼!"

맨발

쿠시나가르 열반당 입구에서 신발을 벗어야 했다. 맨발로 들어갔더니 금빛 천을 덮고 옆으로 길게 누워계시는 부처님이 보였다. 그 주위를 수많은 사람들이 줄을 이어 돌고 있었다. 손을 모으고 기도하는 그들의 뒤를 따라 걸었다. 붉은 사암으로 조성된 열반상은 길이가 약 6미터라고 했다. 부처님 발을 만지려고 손을 뻗는 사람들이 많았다. 나도 짧은 팔을 벌려 보았다. 그러나 불상 둘레를 줄로 막아놓았기에 손이 닿지 않았다.

시간이 흐르자 참배객들이 빠져나간 열반당 안은 조용해졌다. 구석에 앉아있는 나에게 관리하는 스님이 오라는 손짓을 했다. 스님은 안으로 들어갈 수 있도록 쇠문을 열쇠로 열어주었다. 사람들이 기도하며 붙여놓은 금딱지 덕분에, 부처님의 맨발은 황금색으로 눈이 부셨다.

오른손으로 부처님 발을 만지는데 바라나시에서 만났던 오토릭샤왈라가 생각났다. 겨울 아침에 신발도 신지 않고 맨

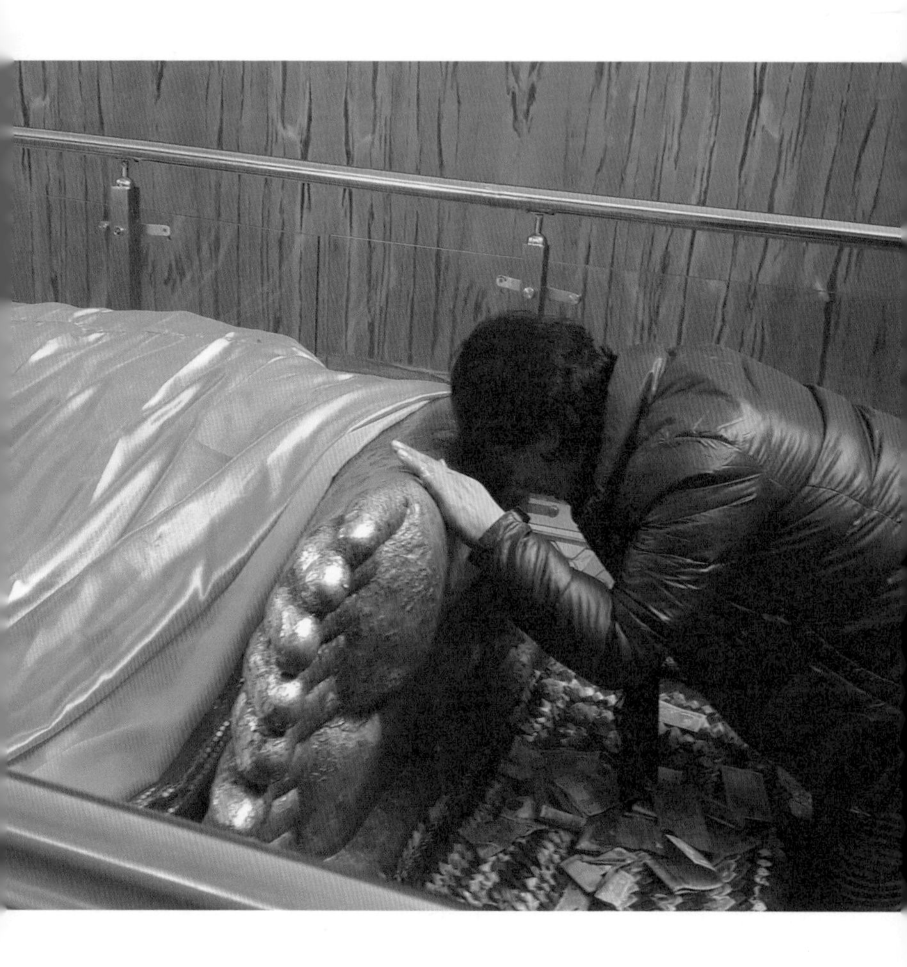

발로 사르나트까지 1시간을 달렸던 릭샤왈라였다.

평소 컴퓨터 화면에서 부처님 발을 수없이 보았지만 직접 내 손으로 만지게 되리라고는 상상도 못 했다. 머리를 숙이자 내 이마가 부처님의 커다란 발에 닿았다. 순간, 따뜻한 기운이 온몸에 퍼지면서 형언할 수 없는 감정들이 몰려왔다. 부처님 발을 만지는 동안 솟구치는 눈물을 닦지 않았다. 수행을 위해 인도 전역을 돌아다닌 부처님 맨발 앞에서 문태준 시인의 시를 헌정하듯 암송했다.

어물전 개조개 한 마리가 움막 같은 몸 바깥으로 맨발을 내밀어 보이고 있다
죽은 부처가 슬피 우는 제자를 위해 관 밖으로 잠깐 발을 내밀어 보이듯이
맨발을 내밀어 보이고 있다
펄과 물속에 오래 담겨 있어 부르튼 맨발
내가 조문하듯 그 맨발을 건드리자 개조개는
최초의 궁리인 듯 가장 오래하는 궁리인 듯 천천히 발을 거두어갔다
저 속도로 시간도 길도 흘러왔을 것이다
누군가를 만나러 가고 또 헤어져서는 저렇게 천천히 돌아왔을 것이다
늘 맨발이었을 것이다

– 문태준 「맨발」 부분

부처님 열반당에서 방문객 모두가 맨발이었다. 그동안 누군가를 만나러 다녔고 지금은 어딘가를 향해 여행하는 중이었다. 언젠가는 그 길의 종착역이 죽음이라는 것을 알고 있지만, 지금은 애써 모르는 척 시침 떼며 살고 있다.

태어나는 순간부터 죽음은 늘 곁에 있었다. 다만 삶의 얼굴로 변장하고 있었기에 지나쳤을 뿐이다. 부처님 열반당에서 삶의 또 다른 이름이 죽음이라는 사실을 상기했다.

부처님 만진 손을 가슴에 품고 밖으로 나왔다. 부처님 만난 두 손으로 무엇을 하게 될까?

신발을 찾아 신고 천천히 걸었다. 계단을 내려오니 백발인 여자와 딸인 듯한 여자아이가 화단 앞에 떨어진 보리수 이파리처럼 앉아있었다. 모녀는 세상에 태어나서 한 번도 씻지 않은 것처럼 먼지로 뒤덮인 희뿌연 맨발이었다. 삭아서 터진 실밥이 벌레처럼 꿈틀대는 치마 앞에 지폐 한 장을 놓았다. 부처님 만진 손이 모녀의 맨발에 닿을 수 있어서 다행이었다.

릭샤를 타고 돌아오는 길이었다. 열반당에서부터 달구어진 가슴이 부풀어 올랐다.

진주알처럼 맑고 영롱한 도시 쿠시나가르! 부처님이 열반하신 도시 곳곳에는 범접할 수 없는 청아한 향기가 날아다니고 있었다.

'이 벅찬 감동은 어디에서 오는가?'

말로 표현할 수도 없고, 가슴으로 다 느낄 수도 없었다. 노랑 유채꽃이 하늘과 땅 사이를 가득 메웠다. 히말라야에서 시작된 바람의 속도로 걸어오는 맨발의 움직임에 몇 번이나 뒤돌아보았다.

쿠시나가르의 봄

17년 전 아이들과 함께 북인도를 여행하면서, 우리나라 사찰인 '대한사'에서 묵은 적이 있었다. 그때 초등학생인 아이들이 여행 중의 피로를 개와 뒹굴고 놀면서 풀었다. 헤어질 때 얼마나 아쉬웠는지, 개와 함께 '대한사' 정문을 배경으로 기념사진을 찍었다.

쿠시나가르에 있는 '대한사' 정문의 문양은 매우 신비스럽다. 많은 여행자들이 이 독특한 문양이 있는 정문 앞을 지나치지 못하고 인증샷 남기는 명소가 되었다.

개가 지금도 있을까? 대한사의 도베르만 개가 궁금했다. 대한사 성관 스님은 사진을 보자마자 '도베르만' 개를 단번에 알아보았다.

"내가 무척 아끼던 개였는데 본당을 짓기 전에 죽었지. 보고 싶었는데 사진으로 보다니…."

나는 혼자 인도여행을 왔지만, 결코 혼자 온 것이 아니었다. 어린 아들과 딸, 사진, 그리고 17년 전의 소중한 추억

과 함께였다.

지난 밤 12시 30분 바라나시에서 출발한 기차는 아침 7시 30분 고락뿌르 역에 도착했다. 역에서 택시를 타고 쿠시나가르까지 달려왔다.

쿠시나가르는 델리에서 켈커타로 이어지는 고속도로 중앙에 있는데 번잡하지 않은 소박한 도시였다. 부처님 4대 성지 중 하나인데, 며칠 전에도 법륜스님과 신도들 수백 명이 함께 성지순례를 다녀갔다고 했다.

대한사 스님이 손수 만들어 준 커피는 참으로 향기로웠다. 대한사 텃밭에는 배추가 싱싱하게 자라고 있었다. 듬성듬성 유채꽃이 피어있는 텃밭은 꽃밭 같았다.

쿠시나가라에서 맞이한 아침은 춥지도 덥지도 않았다. 천당이 있다면 꼭 이런 날씨일 것이다. 스님은 부처님 다비장을 다녀와 점심을 하자고 했다.

다비장으로 가는 한적한 시골길에는 지천에 유채꽃이 피었다. 이미 이곳은 인도를 닮은 노랑 색깔의 봄이었다. 쿠시나가르는 진주알처럼 맑고 영롱한 도시였다. 유채꽃 향기가 진동했다. 히말라야에서 시작된 바람이 불어오는데 청아한 음성이 들리는 것 같아 자주 뒤를 돌아보았다. 다비장 입구

에서 산 황금빛 꽃목걸이를 바치고, 보리수 나무 아래 앉아 있었다. 부처님이 왜 쿠시나가르에서 열반하셨는지 조금이나마 느끼고 싶었다. 떨어진 보리수 이파리를 모자에 달고 돌아왔다.

30년 동안 대한사를 지켜온 온 성관 스님이 마련해 준 배추김치와 무김치 그리고 된장국을 얼마나 맛있게 먹었는지 모른다.

스님은 '도베르만' 개의 사진을 들고 계속 들여다보셨다. 나는 사진을 선물로 드렸다.

"사진 속의 아들 말이오. 귀가 잘 생겼다야아."

"스님! 아들이 제대를 했는데 복학을 하지 않으려고 합니다."

"걱정하지 마세요. 부모 마음에는 아들이 궤도를 이탈했다고 생각하겠지만, 인생에는 이탈궤도가 없는 법이지요."

순간, 무겁게 짓누르던 아들 걱정이 싹 달아나면서 거짓말처럼 마음이 편해졌다.

어느새 저녁놀이 나무 사이로 내리고 있었다.

이미지를 인화한 사진에는 여행자의 마음을 평화롭게 물들이던 쿠시나가르의 노을이 주인공이다. 왜 쿠시나가르에서 열반하셨는지 알고 싶었던 여행자는, 부처님 다비장에 올린 황금빛 금잔화 꽃다발을 하늘로 옮겨서 걸어 놓은 것을 눈치채고 대책 없이 황홀했다.

룸비니 특별과외

인도여행에서 룸비니 아침예불에 참석하는 것도 미션이었다.

새벽 다섯 시, 법당을 찾아가는 길은 안개가 심해서 한 뼘 앞도 보이지 않았다. 숨죽여서 법당 앞 보리수 아래를 지날 때였다. 커다란 열매가 떨어지는 소리이거나 아니면 나무에서 원숭이가 떨어지는 것처럼 묵중한 것이 '철버덕' 새벽의 고요함을 깨우고 있었다. 나무속 안개가 물이 되어 떨어지는 소리라는 것을 후에 알았다.

룸비니의 새벽, 아무것도 보이지 않고 아무런 인기척도 없다. 공사를 하는 중이라 대웅전 앞 임시로 세워놓은 철근이 짐승들의 몸통처럼 버티고 있어 무시무시했다.

지난밤에도 몇 번의 정전이 있었다. 그때마다 방문 앞에서 울어댔던 짐승이, 지금 나무 뒤에 숨어서 나를 노리는 것 같아 머리가 위로 뻗었다.

희미한 불빛을 찾아 들어간 법당에는 스님들과 많은 여행

자들이 앉아있었다. 방석이 쌓여 있는 뒤로 조용히 가서 앉았다. 넓은 법당은 은은한 빛을 내는 연등으로 아늑했다. 아직 완성되지 않은 사찰이라 불상은 없었고, 커다란 탱화 3개가 벽을 다 차지하고 있었다.

맨 앞줄에는 여러 명의 스님들이 계셨다. 스님의 독경 소리는 마치 깊은 바다이거나 천상에서 들려오는 운율 같았다.

나는 저토록 그윽한 영적 목소리를 기억하고 있다. 17년 전, 인도 북부 카슈미르 지역을 여행했을 때였다. 호수 위 하우스보트 숙소에서 일주일을 지낸 적이 있다. 아침마다 스리나가르 호수 위로 퍼지는 이슬람 경전 읽는 소리에 눈을 떴었다. 스피커에서 울려 퍼지는 꾸란 독경 소리는 여행자의 마음을 몽땅 훔쳤다. '꾸란'은 혼례나 장례, 그리고 국경일과 각종 공식 모임 등에서 낭송된다는데, 독경사를 초빙할 때도 있다고 한다. 유대인들도 다양한 악센트와 리듬으로 각 지역 특유의 정서까지 반영해 성경을 낭독했다고 한다.

스님의 독경 소리는 오직 나를 향한 것처럼 느껴졌다. 나도 모르게 무릎을 꿇었다. 어느새 두 눈이 뜨거워졌다. 손등으로 눈물을 닦았다. 휴지도 없고 손수건도 없었다. 그나마 인도에서 구입한 펑퍼짐한 알라딘 바지를 껴입고 있어서 다행이었다. 바지폭이 넓어서 웬만한 눈물과 콧물은 다 닦을 수 있었다.

5시에 시작된 예불이 끝나고 사람들이 법당을 빠져나갔다. 일어설 수가 없었다. 내 몸에서 수분이 다 빠져나갈 것처럼 눈물이 흘렀다. 법당의 불을 마지막까지 끄고 나가는 비구니스님 뒷모습을 보았다.

룸비니 법당에서 혼자가 되었다. 눈물을 멈출 수가 없었다. 멈출 필요도 없었다. 나를 보는 사람이 아무도 없는 이 공간만큼 울기 좋은 곳이 어디에 또 있을까?

오늘은 작정하고 울어보리라. 남편을 떠올리다가 '꺼어억!' 아이들을 생각하니 '꺼어억!' 부모님 생각에 이르자, '꺼어억! 꺼어억!' 통곡에 가까운 소리가 터져 나왔다.

이 세상은 다 큰 여자가 혼자 울도록 두지 않는다. 눈물도 흉이 되는 세상이다. 살면서 이래저래 울 일이 많았지만 나는 소리 내어 울 수가 없었다. 가족들을 생각할수록 올라오는 미안함에 서러움까지 더해져 눈물이 폭포처럼 쏟아졌다.

얼마나 지났을까? 몸이 떨리면서 오른쪽 다리가 저렸다. 절뚝대며 나오려는데 문이 열리지 않았다. 아마도 짐승 때문에 밖에서 문을 잠근 것 같았다. 아득해졌다. 그것도 잠시 상황을 파악해보니 두려울 것도 없었다. 법당의 전등 스위치

를 있는 대로 다 올렸다. 불빛을 보고 누군가가 와 주겠지. 한 치 앞도 보이지 않는 안개 때문에 불가능했다는 것을 그때는 몰랐다.

같은 숙소를 사용한 오렌지한테 전화를 했다. 잠이 깊었는지 손가락이 시리도록 신호를 보냈지만 받지 않았다. 그녀는 나를 구해줄 유일한 희망이었다.

휴대폰 불빛으로 '반야심경'을 발견하고 소리 내 읽었다. 점점 추위가 엄습했다.

일곱 시가 넘었다. 할 수 없이 한국으로 전화를 했다. 한국은 오전 열 시 반이었다.

"놀라지 마세요? 당신 아내가 법당에 갇혀버렸지 뭐유?"

"아니? 왜? 어디서? 어쩌다가? 언제부터?"

"아침 예불 왔다가 말입니다. 끝나고 당신 생각하며 앉았는데, 밖에서 문을 잠그는 바람에…"

"하하하! 부처님이 특별과외를 시키시려는 모양이오?"

"특별과외?"

내가 얼어붙은 입으로 '히히' 웃었더니 전화기 저편에서는 '으하하하' 더 크게 웃는 소리가 들렸다. '맞다'는 생각이 들었다. 그동안 공부에 게으른 나를 반성할 기회였다.

남편은 인터넷에서 전화번호를 찾아 룸비니 한국 절 종무소에 연락을 했다. 출근하기에는 이른 아침이었다. 무섭지는 않았는데 점점 추워졌다.

연등에 달린 이름표가 보였다. 기도의 내용이 궁금했다. 누군가의 소원으로 밝힌 연등이 살굿빛을 내고 있었다. 법당은 어머니의 자궁 속에 있는 것처럼 고요했다.

남편은 불안해할까 봐 노래를 개사해서 불러주었다.

이른 아침에 잠에서 깨어 공부할 수 있다면
물안개 피는 룸비니에서 나를 위해 공부하리라
하루를 살아도 행복할 수 있다면
나는 공부를 택하고 싶다

세상이 우리를 힘들게 하여도 공부는 변하지 않아
너를 사랑하기에 저 하늘 끝에 마지막 남은 진실 하나로
오래 두어도 진정 변하지 않는 부처님 공부 하게 해 주오

노래를 듣는데 무섭기보다 웃음이 났다. 혹 오렌지한테서 연락이 올지 모른다는 생각에 전화를 끊었다.

'이러다가 저녁예불시간까지 갇혀 있는 건 아닐까?'

점점 체온이 내려갔다. 입술이 떨려 노래를 부를 수가 없을 지경이었다. 재채기가 나오더니 맑은 콧물이 주르륵 흘러내렸다.

'이러다가 얼어 죽는 것은 아닐까?'

얼마나 지났을까? 마침내 법당의 정적을 깨우는 전화벨 소리가 울렸다. 오렌지가 침낭을 둘러쓰고 뛰어왔다.

"미안해요. 계속 알람이 울리는 줄 알았어요."

우리는 부둥켜안고 울었다. 나는 고마워서, 오렌지는 미안해서 엉엉 소리 내어 울었다.

둘이서 침낭을 어깨에 두르고 법당을 나오니 식당 앞에 스님들이 앉아있었다.

"보살님들! 아침 공양하셨죠? 이리 와서 차 한잔 하세요."

오렌지가 스님들 앞으로 다가가더니 큰소리로 외쳤다.

"새벽예불 갔다가 여태 법당에 갇혀 있었다구요."

의자 끝에 앉았던 비구니스님이 발딱 일어나는 바람에 잔이 바닥에 떨어졌다.

"내가 마지막에 문을 닫고 나왔는데… 어쩌면 좋아?"

나는 최대한 '괜찮다'는 뜻을 미소에 담아 스님께 보냈다.

"덕분에 부처님 특별과외를 했답니다."

미안하다며 자신의 염주를 벗어 내 목에 걸어주던 스님은 화들짝 놀란 목소리로 물었다.

"특별과외라니요?"

지구여행자 '피쉬'

'피쉬'라는 이름을 가진 여행자를 만난 곳은 룸비니였다.

중국에서 온 23살 피쉬는 여태껏 내가 보지 못했던 개성을 가진 아가씨였다. '할리우드 진출' 꿈을 이루기 위해 현지인보다 영어공부를 더 열심히 했다며 웃었다. 완벽한 언어를 구사하며, 자신감 넘치는 피쉬를 만난 것은 행운이었다.

저녁을 먹고 숙소에서 쉬고 있는데 누군가 방문을 두드렸다. 샤워를 했는지 칠흑처럼 검고 윤기 나는 긴 머리를 늘어뜨리며 왔다. 피쉬는 식당에서 처음 만났다. 저녁을 먹을 때 옆자리에 앉아 대화를 나누었던 친구였는데, 축축한 머리카락을 넘기며 웃기 위해 태어난 아이처럼 깔깔깔 웃어댔다. 고개를 들고 웃는 모습이 얼마나 해맑고 천진난만한지 부모가 궁금했다. 어쩜 저토록 반짝이는 초긍정 유전자를 물려주었을까?

"부모님은 어떤 분이니?"

"할머니 아버지 어머니와 함께 사는데, 나보다 부모님은 더 행복하게 지내세요”

사업을 하는 아빠와 평범한 엄마처럼, 자신도 지극히 평범하다는 피쉬의 대답이었다.

피쉬가 보여준 스마트폰 사진들은 결코 평범하지가 않았다. 여러 편의 연극에 출연한 사진과 저널리스트로 활동한 사진들, 모델로 활동한 경력을 보는 내 눈이 점점 커져만 갔다.

삼 개월째 인도여행을 하고 있다는 피쉬는 프로였다. 그녀를 찍은 사진은 화보 그 자체였다. 부러운 목소리로 물었다.

“아마추어가 찍은 사진이 아닌데?”

피쉬가 말했다.

“룸비니 오기 전, 인도의 땅끝인 깐냐꾸마리를 여행했어요. 뱅골만과 인도양 그리고 아라비아해의 세 바다가 만나는 곳에서. 넓은 바다를 인어처럼 즐기고 있었어요. 어느 날 프랑스에서 온 사진작가를 운명처럼 만났지요. 시바 신에게 평생을 바칠 것을 소원하며 처녀로 죽은 ‘깐야 데비’의 전설이 매력적인 바닷가에서 그를 만난 것은 축복이었어요.”

푸른 바다를 배경으로 하얀 사리를 입고 칠흑 같은 머리를 풀어헤치며 유영하는 피쉬의 사진들, 사진을 보는 동안 룸비니는 몇 번이나 정전이 되었다. 그때마다 깜짝깜짝 놀라서 내 품으로 안기던 피쉬는 사랑에 빠진 동화 속 인어공주 만큼 예뻤다.

피쉬를 바래다주러 나왔더니 캄캄했다. 마실 온 별들이 나뭇가지 속에서 '반짝' 숨어보고 있었다. 북두칠성을 찾던 피쉬가 갑자기 큰 동작으로 몸을 흔들기 시작했다. 머리를 풀어헤치고 노래를 부르며 춤을 추는 동작이 유연했다. '북두칠성 춤'이라고 표현했다. 물기를 머금어 더욱 검은 머리카락이 허공을 날았다. 길어도 너무 긴 그녀의 머리카락에 별이 붙은 것처럼 반짝였다. 춤 솜씨도 프로였다.

피부가 검은 피쉬에게 사람들이 자주 질문을 던졌다.

"너? 네팔사람이지?"

"우하하하."

피쉬는 그럴 때마다 특유한 동작으로 깔깔대며 웃었다. 현지인처럼 보였기 때문에 오십 루피에 살 수 있었다는 신발을 신고 춤을 추었다. 과자 하나를 이백구십 루피에 샀던 나는 헛웃음만 나왔다.

그동안 영어와 스페인어를 공부하느라, 수없이 코피를 쏟았다는 피쉬는 진짜 물고기 같았다.

대체 불가능한 매력을 가진 피쉬! 프로답게 살아갈 그녀의 당당하고도 자유로운 삶을 상상할 수 있었다.

룸비니의 밤, 보리수 나무 아래서 피쉬가 춤추며 노래를 불렀다.

“내 이름은 피쉬! 지구를 여행하는 작은 물고기! 하늘의 수많은 별들 사이사이로 헤엄을 치며 막 지구에 도착한 여행자, 초록빛지구가 얼마나 근사한지, 사랑이 얼마나 황홀한지, 사람들이 얼마나 아름다운지, 노래하는 내 이름은 피쉬!”

오래된 약속

오후 6시가 다가오자 가슴이 두근댔다. 카트만두 타멜 거리에 있는 호텔 로비에서 계속 입구를 바라보았다.

'나를 알아볼까? 콧물을 흘렸던 사진 속의 아들도 같이 올까? 남편은? 많이 변했겠지?'

17년 전, 여행을 하다가 네팔의 유명관광지인 포카라의 사랑콧에 갔었다. 나는 그곳에서 젊고 순박한 게스트하우스 주인 마야를 만났다.

마야는 안나푸르나 설봉이 보이는 높은 언덕에서 시아버지를 모시고 살았다. 남편은 비즈니스를 위해 영국으로 가고 없었다. 감기에 걸린 우리 아이들에게 따뜻한 꿀물을 타서 밤새도록 끓여주던 마야가 고마워서 사진을 찍었다. 안나푸르나 설봉을 배경으로 한 사진 속에는 흰 모자를 쓴 마야의 시아버지도 있다. 어린아이를 안은 눈이 커다란 마야는 수줍게 웃고 있다. 가로줄 무늬 초록색 옷과 빨간 고깔모자를 쓴 어린아이는 추워서 눈물이 글썽글썽했다.

그 당시 인도에는 카메라가 무척 귀했다. 귀한 외아들 사진을 꼭 갖고 싶다는 마야에게, 꼭 보내주겠다고 나는 약속을 했었다. 그런데 이런저런 사정으로 보내주지 못했다. 이번 여행을 준비하면서 마야네 가족사진을 확대하며 얼마나 설레었는지 모른다. 마야를 만나 사진을 전해주는 일이 이번 여행의 버킷리스트 목록 중 하나였다.

안나푸르나 만년설에 다시금 감탄하며 마야를 찾아 사랑콧으로 올라갔다. 새벽이라 추웠다.

돌이 박힌 가파른 언덕길에는 예전보다 가게들이 많아졌다. 이 지역 사람들이 직접 짠 자연산 소재의 숄을 구입해서 어깨에 둘렀더니 따뜻했다. 방에서 손작업을 하는 여자들이 그 옛날 길쌈하는 우리나라 어머니들과 닮았다.

준비해간 사진을 보여주었지만 젊은 사람들은 마야를 몰랐다. 동네 끝에서 허름한 집 앞에 앉아있는 노인을 만났다.

"혹, 이 근처에서 게스트하우스를 했던 마야를 아세요?"

"오! 모야?"

나는 '마야'를 찾았는데, 노인은 '모야'를 안다고 했다. 17년 전에 찍은 사진 한 장으로 마야가 운영했던 게스트하우스를 찾을 수 있었다.

그러나 마야는 오래전 카트만두로 이사를 했고, 지금은 마야의 언니가 운영하고 있었다. 언니는 카트만두에서 사업

을 하는 마야에게 전화를 걸어 연결해주었다.

호텔 입구에 사람들이 몰려왔다. 한눈에 봐도 마야네 가족들이었다.

"많이 기다리셨죠? 차가 밀려서 늦었습니다."

'아니? 한국말을?' 그것도 너무나도 유창하게 하는 마야 남편 때문에 놀랐다. 얼굴이 까무잡잡하고 키가 작으며 머리에 흰 모자를 쓴 모습이 꼭 마야의 시아버지 모습을 보는 것 같아서 웃음이 나왔다. '이곳 사람도 핏줄은 못 속이는 법…' 서구 미인처럼 늘씬하게 성장한 두 딸도 나를 놀라게 했다. 마야 곁에서 의젓한 청년이 웃고 있는데 느낌이 왔다. 꼬맹이였던 아들 '수먼'이었다. 두 살이었던 아들이 얼마나 준수하게 자랐는지 눈을 의심할 정도였다. 여전히 수줍은 미소가 남아있는 마야는 나를 보자마자 끌어안고 흐느꼈다. 마야의 품에서 뭉클해진 나는 마야를 안고 토닥여주었다. 식당으로 가는 동안 수먼이 나와 마야 손을 꼭 잡고 있었다.

17년 전, 안나푸르나 만년봉 아래서 감기에 걸려 콧물을 흘렸던 두 살짜리 아들 수먼은 대학생이 되어있었다. 지질학을 전공한다는 수먼은 호주로 공부하러 갈 계획을 하고 있었다. 꿈만 같았다. 수먼의 얼굴은 라자스탄주의 잘생긴 성주를 닮았다. 검어서 더욱 깊어 보이는 눈과 높은 코, 그리고 기품있는 분위기가 신분을 짐작할 수 있었다. 17년 전에는 몰랐었는데, 마야네 집안은 '브라만'이라고 했다.

엄마 곁에 꼭 붙어있는 외아들 수먼은 마야에게 큰 자랑이었다. 할아버지 안부를 물었더니 올해 88세라는데, 여전히 건강하시며 할머니와 함께 포카라에 살고 계신다고 했다.

마야가 카트만두로 이사를 와서 사업을 한 지가 10년이 넘었다. 중국에서 수입한 옷을 네팔 전역에 도매로 납품하는 일이었다. 함께 일하는 직원들이 10여 명이 넘는다고 했는데, 친척들이 마야의 일을 도와주고 있었다.

"26살 큰딸이 15일 후면 결혼을 해요. 네팔의 결혼식에 외국인이 참석하면 최고의 영광이랍니다. 우리 집에 머물다가 참석해 주시겠어요? 딸은 결혼하면 남편과 함께 공부하러 떠날 예정인데 걱정이네요. 돈이 없어서… 하하하!"

네팔에서 호주로 유학을 한다며 학비를 걱정하는 마야 남편의 우스꽝스런 표정에 모두 웃었다. 대학생인 22살의 작은딸은 웃을 때마다 볼우물이 피었다.

작은딸은 내 이름을 묻더니 발음이 너무 어렵다고 했다.

"보조개가 꼭 '점바 꽃'을 닮았네요. 지금부터 '점바'라고 불러도 될까요?"

왼쪽 볼에 커다란 볼우물을 피우는 나는 가만히 웃어주

었다. 가족 모두 깔깔깔 유쾌하게 웃었다. 수먼이 휴대폰으로 '점바 꽃'을 검색해서 보여주었다.

"점바 chumba! 향기가 좋고 아름다워 네팔국민 모두가 좋아하는 꽃이랍니다."

수먼이 계속 나를 보면서 점바! 점바! 놀리듯 불렀다. 나는 수먼이 놀려도 좋기만 했다.

우리는 행복해서 웃었다. 네팔 최고의 호텔에서 맛난 음식을 맛보고 있어서가 아니었다. 어쩌면 영원히 기억에서 사라졌을 17년 전에 만난 인연들! 마야와 함께 하는 이 순간이 천금을 주고라도 사고 싶은 순간이기 때문이었다.

마야네 가족들과 헤어질 시간이 다가왔다. 식당 입구에는 비서와 자가용 기사, 그리고 10여 명이 넘는 친척들이 기다리고 있다가 환송을 해 주었다. 숙소로 돌아와 마야가 성공하여 남편과 떨어져 지내지 않고 자녀들과 행복해하는 모습에 감사의 기도를 올렸다.

침대에 누워 무심코 잘못 누른 팬 스위치에, 가뜩이나 추운 방 공기가 더 싸늘해졌다. 그때 문장 하나가 내 옆에 조용히 따라 누웠다. '생각하고 살아라. 그렇지 않으면 사는 대로 생각하게 된다.'

나는 이번 여행에서 마야를 꼭 만나고 싶다는 생각을 품었다. 사진을 전하겠다는 오래된 약속을 지키고 싶었다. 그래서 인도를 거쳐 네팔까지 달려갔다. 마야를 찾았다. 오랫동안 간직한 사진과 추억을 공유할 수 있었다. 17년 전의 약속을 지키겠다는 미션 하나를 수행할 수 있었던 것은, 생각하고 행동했기 때문이었다.

한 장의 사진은 엄청난 에너지를 품고 있었다. 오래된 과거를 소환해 그때 그 장소로 돌아가게 하는 능력을 보였다.
'마야와 나는 또다시 만날 수 있을까?'

바로 오늘이, 이곳이, 우리가, 사진 속의 순간이 영원히 남을 걸 생각하니 잠이 오질 않았다.

너의 정상은 어디인가?

새벽 다섯 시, 히말라야 일출을 보기 위해 숙소를 나섰다. 전날 예약했던 택시가 골목에서 불을 켜고 기다리고 있었다. 젊은 기사는 동생이 한국에서 공부한다며 자신이 학비를 보내준다고 자랑했다. 한국에 대한 호감이 높았는데 한국말도 꽤 잘했다. 한국에서 직업을 갖는 것이 평생 꿈이라고 했다. 특히 운전직을 선호한다고 했다.

"다 왔습니다. 십 분 정도만 걸어가면 정상이 나옵니다."

차를 멈춘 젊은 기사는 날씨가 좋아 오늘 일출은 멋질 거라며 엄지를 척 올렸다.

캄캄한 길을 따라 올라가는데 어둠 속에서 누군가가 우리를 불렀다. 길가에 늘어선 가게 안에서 남자가 나왔다.

"산 위까지 힘들게 왜 가려는 거지? 일출을 보기 위해서라면 우리 집 옥상이 정상이야."

살펴보니 차와 음식을 파는 식당이었다.

운전기사가 조금만 가면 정상이 나온다고 했으니 지나쳤다. 그러나 30분을 걸어 올라가도 정상은 보이지 않았다.

'눈도 깜짝 않고 거짓말을 한 운전기사는 지금쯤 편안하게 차를 마시고 있겠지?' '정상에서 일출을 보지 못하는 게 아닐까?'

표지판도 없는 두 갈래 길에서 망설이고 있는데, 머리를 뒤로 묶은 할머니가 나타났다. 묻지도 않았는데 손가락으로 한 방향을 가리켰다. 감사하다는 인사를 몇 번이나 하고 급히 올라가는데 길이 사라져버렸다. 묵정밭에서 길이 끝나있었다. 어디로 가야 할지 두리번대는데 갑자기 사람들의 함성이 들려왔다.

"와!아!아!"

직감적으로 일출을 보러온 여행자들이라는 것을 알았다. 올려다보니 가까운 산 위에서 소리치고 있었다. 내가 급히 동쪽을 향해 돌아서니 태양이 떠오르고 있었다. 하늘의 넓은 뺨이 복숭앗빛으로 물들고 있었다.

"와! 아! 아! 아!"

히말라야 설산 위로 해가 떠오르는 모습을 보며 감탄사 외의 말을 잃었다.

조광은 안나푸르나 봉우리를 시작으로 마차푸차레 봉우리로 번져나갔다. 히말라야 일출을 보는 경이로움 앞에 침묵이 함께했다.

만년설봉인 '안나푸르나' 뜻이 '쟁반 위의 흰 쌀밥'이며, '마차푸차레'는 '물고기 꼬리'라는 뜻이 있다. 누가 지었는지

기막히게 재미있는 표현들이다. 역시 인도다.

언젠가 인도의 고대 시인 칼리다사의 시를 읽은 적이 있다.

'신들이 사는 설국, 가장 높은 봉우리 어딘가에, 요정들이 꺾어가는 연꽃이 만발한 사프타르시 호수가 있을 것 같다.'

택시기사가 알려준 산 정상까지는 못 갔지만, 묵정밭에 주저앉아서 완벽한 일출 장면을 감상했다. 카메라를 들이대기조차 송구스러운 히말라야 산들을 눈과 마음에 담았다. 산 위까지 올라갔더라면 더 멋진 일출을 보았을지도 모른다. 할머니가 거짓말을 했을까? 산 정상이 아니라 자신의 묵정밭 길을 가리켜 준 것은 음식을 팔려는 속셈이었을까?

할머니가 주전자를 들고 올라왔다. 무럭무럭 김이 올라오는 짜이를 가득 따라주며 물었다.

"행복하니?"

"정상이 아니라서 아쉽네요?"

쭈글쭈글한 눈매를 크게 펴더니 할머니가 말했다.

"여행자들은 '정상이 어디냐?'고 묻는 쓸데없는 병을 가졌어. 정상은 어디인가? 저 산꼭대기가 정상인가? 안나푸르나 봉우리가 정상인가? 아니면 에베레스트? 도대체 너의 정상은 어디를 말하는 거지?"

할머니의 예상치 못한 카랑카랑한 목소리에 짜이를 쏟을

뻔했다.

정상이 아닌 이곳에서 나는 그 누구보다 충만한 일출을 맞이했다. 삶의 여행에 지쳐있는 한 여자의 영혼을 복숭앗빛으로 물들게 한 할머니의 묵정밭이 오늘 아침 나에게는 정상이었다.

녹슨 주전자를 들고 내 마음을 들여다보던 할머니가 일어서며 말했다.

"이 세상에 정상은 없어. 또한 어디에나 정상은 있지."

사랑의 도시, 포카라

호수의 도시 포카라가 너무 많이 변해있었다. 몇 년 전 대지진으로 무너진 건물을 일제히 복구했는지 도배한 것처럼 말끔했다. 포카라는 안나푸르나 설산이 병풍처럼 감싸고 있는 네팔의 관광도시인데, 여행자들을 유혹하는 페와 호수와 사랑콧 언덕이 유명하다.

룸비니에서 새벽 6시 30분에 안개를 뚫고 출발한 버스가 포카라에 도착한 것은 오후 5시경이었다.

버스 스텐드에서 내리자 멀리 마차푸차레 설산이 보였다. 드디어 도착했다는 생각에 감회가 깊었다. 예전에 묵었던 '인드라' 숙소를 찾아가고 싶어 두리번대니 한 남자가 다가온다.

버스에서 장시간 고생을 해서, 흥정하기도 지쳤고, 친절하게 보이는 남자를 따라갔다. 숙소에 도착해보니 예상이 빗나갔다는 것을 깨달았다. 무거운 배낭을 메고 3층까지 걸어서 올라가야 했다. 팁을 주고 짐을 부탁했다. 샤워기에는 따

뜻한 물이 나오지 않았고 티팟도 제공되지 않았다.

인도의 겨울밤은 상상외로 춥다. 뜨거운 물을 채운 플라스틱 물병을 안고 잠을 잤다. 침낭 속에 넣어둔 온수는 아침까지 따뜻했다. 놀라운 신의 한 수였다.

페와 호수를 산책하기 위해 숙소를 나섰다. 돌아오는 길에 저녁 식사를 할 계획이었다.

포카라 거리 분위기는 예전과 완전 달랐다. 식당 건물들은 세련되게 변했고, 음식도 최고급이었다. 가장 놀라운 것 중 하나가 어마어마하게 큰 대형마트가 생겼다는 것이다. 인도와 마찬가지로 네팔도 우리나라의 커피믹스와 컵라면은 인기였다. 넓은 매장에는 과일과 음료, 식품, 화장품 등이 끝없이 진열되어 있었다. 여행자들 시선을 끌어당기는 인테리어가 꼭 유럽의 어느 도시에 와 있는 것 같았다.

피자전문점도 보였다. 신기해서 주문을 했는데 기대를 저버리지 않는 맛이었다. 피클 역시 맛있었다. 숙소 가까이에 '카페'라고 쓰인 가게가 화려한 불빛으로 여행자를 유혹했다.

인도에서는 카페를 거의 보지 못했는데 포카라에서는 자주 눈에 띄었다. 인도뿐만 아니라 네팔에서도 커피믹스가 유행하고 있었다.

커다란 화로에 타고 있는 장작불이 손님을 맞이했다. 카페 안은 불을 피워서 훈훈했다. 인도와 네팔에는 한겨울에도 창문이 없는 가게가 많다. 나무 타는 소리가 타다타닥 들려오는 실내의 분위기는 꽤 낭만적이었다. 히피족처럼 생긴 커플들이 무리 지어 오더니 커피와 와인을 주문했다. 인도는 술을 파는 가게가 거의 없었는데, 네팔 포카라에는 고급 술집이 자주 눈에 띄었다. 포카라는 이미 네팔의 작은 유럽이었다.

지진을 겪은 포카라의 변신은 유죄였다. 시내가 얼마나 많이 변했는지, 여행자들을 놀라게 했다. 큰 도로 너머 후미진 곳에는 아직도 남은 지진의 흔적이 보였다.

또 하나 특이한 것은 투어리스트 간판이 한 집 건너 있을 정도로 많아졌다. 패러글라이딩, 트레킹, 보팅 등 포카라가 엑티 비티의 천국이라는 말이 실감이 났다. 거리에는 젊은 여행자들로 넘쳤다.

트레킹을 다녀온 날은 카페에서 와인을 마셨다. 오렌지 아가씨 뺨이 붉어지고 집을 떠난 여행자들의 얼굴에도 물이 들었다. 조각 미남 주인이 오렌지에게 다가가는 것을 나는 못 본 체 했다.

“내일 밤 다시 올래? 페와 호수 위에 멋진 보트 띄워둘게”

오렌지가 빠르게 한국말로 대답했다.

"우씨! 진작 말하지? 내일 아침 소녀는 이 도시를 떠나야 합니다."

먼저 숙소로 돌아온 나는 오렌지를 기다리다 '까무룩' 잠이 들었다. 그리고 기특한 결심을 했다. 사랑의 도시에서 며칠 더 머물고 싶다는… 그런다고 해서 하늘이 무너지는 것도, 땅이 꺼지는 것도 아니라는 것을 안다. 노처녀 오렌지의 사랑을 응원하고 싶었다.

스와얌부나트 템플

"파알라조 스님은 무사하실까?"

템플 입구에서 메리골드 한 다발을 사서 안고 올라갔다. 까마득히 높은 계단을 쉴 때마다 덩치가 사람만 한 원숭이들이 쳐다본다. 내 손에 먹을 것이 없는 것을 보고 서운한 눈빛을 남기며 나무 뒤로 사라진다.

"쏘리!"

스와얌부나트 템플! 원숭이들이 많이 산다고 해서 '원숭이템플'이라고 부르기도 한다. 거의 80도 경사진 계단을 올라가면서 걱정을 했다.

"스님은 계실까?"

입장료 받는 직원에게 물어보았다.

"모르겠는데요? 여기는 상상할 수 없을 정도로 스님들이 많답니다."

준비해간 사진을 보여주었다. 입장료 받는 직원이 눈을 크게 뜨며 어디론가 전화를 했다. 그리고 자물쇠로 사무실 문을 잠그더니 앞장섰다. 계단을 올라가면서 본 사원은 생각

보다 많이 훼손되어 있었다.

네팔에 큰 지진이 났다는 뉴스를 보고 걱정을 했다. 세계 유네스코에 등재된 스투파 절이 큰 피해를 보지 않았는지? 인터넷으로 수없이 검색을 했다. 직접 와보니 훼손의 정도가 심각했다.

스님들이 기거하던 건물도 무너진 그대로 방치되어 있었다. 법당도 무너졌다. 한쪽에는 공사를 하고, 한쪽에는 발 디딜 틈이 없을 정도로 여행자들로 붐볐다.

언덕 너머에 스님들의 임시거처가 있었다. 맨발로 나온 큰스님을 보는 순간 안도감에 울컥했다. '무사하셔서 참 다행입니다'

꽃다발을 받은 스님의 이마에 굵은 주름이 도드라졌다.

임시법당 안에 걸려있는 커다란 사진이 보였다. 달라이라마 14세, 가운데 달라이라마 14세의 스승인 노스님, 그 옆의 또 한 분은 한국에 오셨던 어린 린포체 사진이었다. 미국에서 공부를 하고 있다고 했다. 법당에는 수많은 어린 라마승들이 앉아서 공부를 하고 있었다. 스님이 바쁘신 것 같아 다음날 만나기로 하고 나왔다.

유네스코가 지정한 세계문화유산인 스와얌부나트 템플을

천천히 돌아보았다. 불교와 힌두교 사원이 공존하는 독특한 절이다. 히말라야 설봉을 등지고 카트만두 시내를 내려다보고 있다. 네팔사람들은 높은 언덕에 있는 스투파(불탑) 절이 자신들을 보호해준다고 믿어왔다.

2500년 역사를 가진 '스와얌부나트' 템플은, 한가운데 높이 솟아있는 스투파를 중심으로 여러 채의 사당이 있다. 높이 40m, 세계 최대의 스투파는 하얀색 돔 위에 두 개의 눈이 그려져 있고, 그 위로 황금색 탑이 솟아있다. 우리가 그림이나 사진에서 보았던 낯익은 '지혜의 눈'이 바로 이곳에 그려져 있다. 흰색 돔 바로 위 사면체에 그려진 두 개의 눈! 그 오묘함은 여행자들 발걸음을 멈추게 한다.

복구공사로 어수선했지만, 한가한 여행자들은 바나나를 들고 원숭이를 부르고 있다. 사원 안에는 일반 가게들도 있었다. 아트숍에서 네팔 화가들이 그렸다는 그림을 샀다. 보랏빛 노을로 덮인 템플에서 엄마가 어린 아들 손을 잡고 불탑을 도는 풍경이었다.

그림을 감상하는 동안 오렌지는 신비한 체험을 했다며 흥분된 얼굴로 뛰어왔다.

"방금 어떤 할머니가 다가와 노래를 불렀어요. 네팔의 대형 지진 때 '죽은 이들을 위한 노래'라고 했지요. 할머니는 매일

이곳에서 향을 피우고 기도를 한대요. 노래를 듣고 있는데, 갑자기 내 눈앞에 지진의 참상이 보이는 거 있죠? 슬픔이 몰려오는데 어지러워 눈을 꼭 감아 버렸어요. 잠시 후 눈을 떠 보니 할머니가 보이지 않았어요. 절을 두 바퀴나 돌며 할머니를 찾았지요. 그런데, 흔적도 없이 사라졌지 뭐예요. 언니! 나는 정말 할머니를 만났던 걸까요? 한번 꼬집어 봐요."

다음 날 아침 호텔로 스님이 오셨다. 다르질링 차를 선물로 주셨다. 스님과 기념사진을 찍는데, 갑자기 오렌지가 스님 앞으로 머리를 내밀었다. 나는 소리 내어 웃었다. 자주 머리가 아프다던 오렌지한테 들려준 이야기가 있었다.

"있잖아 오래전, 스님은 내가 사는 지리산 아래 어느 절을 방문한 적이 있었어. 그때 어린 린포체님을 모시고 왔는데, 오늘 임시법당에서 보았던 달라이 라마 14세와 나란히 걸려 있던 사진 속 린포체님이었어. 우리 지역 불자들이 모여 '린포체님 친견의 밤'을 열었지. 그때 참석한 초등학생이 있었는데 보름쯤 지나자 아이의 부모로부터 전화가 왔어. 스님이 손을 잡아 준 여자아이가 심했던 아토피가 나았다는 거야. 한 번 더 뵙기를 청했지만 이미 파알라조 스님은 네팔로 가신 후였어. 또 스님 무릎에 앉았던 남자아이는 턱 밑에 달렸던 작은 혹이 떨어졌다며 연락이 온 거야. 믿을 수 없는 이야기들이지?"

그때 이야기를 듣던 오렌지의 눈빛이 수상했다. 반짝반짝 빛이 났었다.

"하하하하."

내가 웃는 동안에 스님은 오렌지 머리를 만져주셨다. 그러다가 '아참! 참!' 나도 염치 불고하고 스님 앞으로 머리를 불쑥 내밀었다.

"스님! 스님! 제가 요즘 기억력도 없고요. 가끔은 머리도 아픈 기라요."

또 하나의 기적을 염탐하던 오렌지가 배를 잡고 웃느라 사진을 찍지 못할 정도였다.

"히히히히히히- 힝."

네팔 역사상 최대 규모의 지진에, 걱정을 하면서 '언젠가 가 봐야지' 하고 마음을 먹었는데, 그 언젠가가 지금이었다.

큰스님이 우리들 머리 위에 축복을 주고 떠났다. 히말라야 만년설 아래, 팔이 훤히 드러난 옷과 끈이 떨어진 슬리퍼를 신은 스님의 뒷모습을 향해 두 손을 모았다.

"오! 세상에!"

이번 '인도여행! 버킷리스트 50'에서 중요한 미션을 수행한 손과 가슴이 대책 없이 끓어올랐다. 체온이 식을 때까지, 히말라야 만년설에서 불어오는 바람 앞에 나는 감탄사부호처럼 서 있었다.

아무리 많은 생이 걸릴지라도

— 히말라야를 넘은 달팽이처럼

히말라야 만년설을 볼 수 있는 좋은 자리를 기대하며 카트만두 트리뷰반 공항으로 갔다.

카트만두에서 뉴델리로 가는 동안 거의 한 시간을 히말라야산맥과 나란히 달렸다. 오른편에 보이는 만년설 봉우리는 얼마나 장대한지 시작과 끝이 보이지 않았다.

시속 1,000킬로 미터를 달리는 비행기가 달팽이보다 느리게 느껴졌다. 꼭 어느 카페에 앉아 커피를 마시는 것 같았다. 그래서 창문을 열면 히말라야 만년설에 손이 닿을 것 같았다. 갑자기 뒤에서 '겨울왕국' 영화의 주제곡인 〈Let It Go〉를 흥얼거리는 꼬마의 목소리가 들려왔다. 저 어딘가에 동화 속 설국이 있다고, 그래서 '눈의 여왕'이 산다고 믿을지도 모른다.

만년봉 아래 수많은 성인들이 살던 동굴이 있다고 들었다.

19세기 초, 영국인 측량사들은 히말라야 얼음 속에서 움직이는 물체를 발견했다. 자세히 보니 무아지경의 요가수행자라는 것을 알고 그 놀라움을 세상에 전했다.

예전에 감명 깊게 읽었던 책『나는 여성의 몸으로 붓다가 되리라』의 '텐진 빠모'가 생각났다. 프랑스인 텐진 빠모는 수행을 위해 12년간 히말라야 동굴에 머물렀다.

도서관에서 몇 번이나 책을 덮고 하늘을 봐야 했다. 책을 다 읽고 히말라야가 아닌 집 앞에 보이는 지리산으로 달려갔다.

설산 저 아래 어딘가에 텐진 빠모가 수행을 했던 동굴이 있을 것이다.

오래전 한국을 방문했던 텐진 빠모의 음성이 히말라야 상공을 날고 있는 내 귀에 생생하게 들려오는 것 같았다.

"나는 여성의 몸으로 깨달음을 이루겠다는 원을 세웠답니다. 아무리 많은 생이 걸릴지라도…."

히말라야에 머물렀을 수많은 영적 존재와 고대의 성자들을 상상해 보았다. 저 깊은 계곡과 기슭, 산봉우리에 그들의 흔적과 에너지가 존재하고 있다는 믿음이 들었다.

수천 년을 이어온 범접할 수 없는 경이로움이 가득한 히말라야! 신들의 계곡 위에 신들의 산이 존재했다. 초자연적인 공간에서 수행하는 성자들이 살고 있다는 히말라야 상공을 날고 있다니? 이 상황이 믿어지지 않았다

세계의 지붕인 히말라야 설산을 달리는 동안 '아무리 많은 생이 걸릴지라도 깨달음을 이루겠다'는 말씀을 떠 올리는 동안 심장이 뜨거워졌다.

갑자기 눈앞 설산에서 영어 대문자 기호'V' 가 보였다. 잘못 보았는지 눈을 비비면서 카메라를 꺼냈다. '브이' 하고 포즈를 취하고 있는 히말라야를 단숨에 찍었다. 나에게로 오는 메시지를 가슴에도 담았다.

"잘 왔다."

히말라야의 무궁한 시간 앞에 경외감으로 두 손을 모았다.

"나마스테!"

'세계의 지붕' 히말라야산맥과 나란히 달리는 비행기 안에서 비몽사몽 간에 보았다.

12시 방향으로 지리산이 보이는 우리 집 텃밭, 손바닥만 한 상추이파리 위를 기어가는 달팽이처럼, 느리게 평화로운 미래의 시간을….

이번 히말라야 여행이 내 삶에 힘이 되는 또 하나의 산맥을 이루리라는 것을 믿는다.

나는 피리 부는 여행자

정말 이상한 일이었다. 아무리 사람 구경이 좋아도 그렇지, 마을주민 모두가 따라온다는 것은 이해할 수가 없었다.

북서부 라자스탄주 바랏뿌르에서 인도 시골집을 보러 왔다가 마을에 하나밖에 없는 숙소인 궁전에서 묵게 되었다. 옛날 이 지역의 왕이 살았던 궁전을 개조해 호텔로 운영하는 곳이 더러 있었다.

호텔 객실까지 가방을 들어준 소년한테 마을을 구경하고 싶다고 했더니 앞장을 섰다.

성문을 나서는데 키가 큰 노인이 어디를 가느냐고 묻고서 대답은 필요 없다는 듯 앞장을 섰다. 마을을 한 바퀴 도는데 자신이 가지 않으면 어림도 없다는 태도였다. 노인은 지팡이를 흔들며 따라오는 개들과 파리를 쫓아버렸다. 골목에서 꼬마들 무리가 오더니 노인한테 인사를 하고 따라붙었다. 노인은 잠시 험악한 얼굴로 나무라는 듯 소리쳤다.

우물가에서 펌프로 물을 길어 올리던 소녀 세 명이 물 묻은 손을 닦으며 합류했다. 나무에서 그네를 타던 덩치가 큰 소년들이 물동이를 머리에 인 소녀들 뒤에 따라붙었다.

마침내 농가에 도착하자 따라온 아이들은 집 밖에 있도록 했다. 안방으로 안내했는데 문이 없었다. 흙으로 만든 외양간 같은 단순한 방안에는 아무것도 없었다. 가구도, 옷도 없는 방에 큰 소 한 마리가 전부였다. 소는 방금 목욕을 한 것처럼 말쑥했다. 부엌이라고 볼 수 없는 헛간에 그릇 서너 개가 부엌살림의 전부였다.

사진을 찍기도 미안했다. 마당에는 노인이 지팡이를 들고, 따라온 수많은 사람들을 정리하며 선두지휘하고 있었다. 마치 여왕을 수행하는 기사처럼 위엄이 있었다.

농가를 나오는데 그 집 가족은 물론, 주인을 따라 어미 개와 강아지 다섯 마리도 합류했다.

마을이 끝난 지점에 논이 넓게 펼쳐져 있었다. 호텔에서부터 따라온 소년이 큰 소리로 누군가를 부르자, 엎드려 일하고 있던 여자 두 명이 일어섰다. 빨강 파랑 원색의 사리를 입은 여자들이 움켜쥔 풀을 논에 던져버리더니 손에 묻은 흙을 털어내며 따라왔다. 난감했다.

어릴 때 재미있게 읽었던 동화책 『피리 부는 사나이』처럼 동네 사람 모두가 따라오고 있었다. 빨강 모자를 쓴 나는 어느새 '피리 부는 여행자'가 되었다. 누군가가 리모컨으로 조종하는 것 같았다. 마을 사람들을 접선 장소까지 데려오라는 미션을 비밀리에 수행하고 있는 것 같았다. 호텔소년과 노인에게 몇 번이나 사람들이 따라오지 못하도록 부탁했지만 그들의 대답은 한결같았다.

"노 프라블럼!"

새로운 사실도 알아냈다. 걷지를 못하는 노인들과 아이를 둘씩이나 안은 여인은 앉은자리에서 우리들이 걸어가는 방향으로 몸을 돌려가며 관찰하고 있었다. 두 다리가 불편해서 걷지 못하는 아이도 돌팔매질을 하는 척했지만, 곁눈질로 우리들을 보고 있었다.

뒤를 따라오던 한 아이가 볼펜이나 손수건을 달라고 졸랐고, 슬그머니 내 팔목의 시계를 만지는 아이도 있었다. 물동이를 머리에 인 소녀는 물 묻은 손으로 내 머리카락을 만지더니 모자를 달라는 시늉을 했다. 그 와중에 험악한 표정의 노인과 호텔소년은 의견충돌이 있는지 힌디어로 소리를 질러댔다.

동네 사람들과 무리를 지어 마을의 동쪽 끝까지 걸어갔다가 돌아온 밤이었다. 사방이 캄캄했다. 마을에 전기가 없었다. 칠흑같이 캄캄한 바랏뿌르 시골의 궁전에서 하룻밤을 보내게 되었다. 마을은 낮에 보았던 큰 공작새가 품은 알 속에 있는 것처럼 적막했다. 잠이 오지 않았다. 이 넓은 궁전에 여행자라곤 없었다. 수차 돌아가는 소리가 덩치 큰 짐승이 쿵쿵대는 것 같아서 혼을 빼놓았다. 수시로 내리는 소나기 소리가 누군가가 부르는 듯한 환청으로 들려 귀를 막았다.

마을 사람들을 이끌고 동구 밖까지 돌아온 밤이었다. '피리 부는 여행자'는 이상한 성에 갇혀버렸다. 아라비안나이트에 나오는 수상한 마을에서, 마법사한테 홀려 어디론가 하염없이 흘러가는 것 같았다.

침묵에 보탬이 되는 말

지독한 감기가 왜 나에게로 왔을까? 하필이면 여행 중에….

지금은 폐허가 되었지만, 아름다운 궁전도시 오차를 떠나 바라나시행 기차를 탔다. 슬슬 한기가 느껴지고 목이 아파져 오더니 시간이 지날수록 심해졌다.

비는 주룩주룩 내리는데 머리에는 열이 오르고, 목소리는 아예 나오지 않고 잠겨버렸다.

기차의 도착시간을 정확하게 아는 사람이 아무도 없었다. 바라나시에 도착하면 제일 먼저 약국으로 달려가서 감기약을 사 먹어야 했다.

내 앞에 앉은 노인은 저녁 7시 30분에 출발한 기차가 다음 날 아침 8:00에 도착한다고 말했다.

푸른 사리를 입은 아내와 함께 기차를 탄 검은 콧수염을 가진 사내는 틀림없이 9:00에 도착한다고 했다. 짜이를 팔러 올라온 청년은 8:30이라며 자신을 믿으라고 했는데, 기차의 승무원은 9:30이라고 단정했다. 기차는 다음날 정확하게 11시 45분에 도착했다.

처음 기차를 탔을 때 앞자리에 앉아있던 인도인이 관심을 보였다. 인도인은 얼굴이 유난히 검었지만 눈빛만큼은 바라나시의 별처럼 빛났다.

"어디서 왔느냐?"

"어디를 가느냐?"

몸이 무거워 만사가 귀찮은데 뚫어질 듯 쳐다보며 대답을 재촉했다. 말을 할 때마다 목이 아팠고, 기침이 묻어났으며 콧물도 풀어내야 했다. 나중에는 목이 부어서 말이 나오질 않으니 볼펜으로 종이에 써야 했다. 인도인은 읽을 필요가 없다는 태도로 열이 벌겋게 달아오른 내 얼굴에서 시선을 떼지 않았다. 아마도 글자를 읽지 못하는 것 같았다. 계속 기침을 해대자 인도인이 묵직한 음성으로 말했다.

"인도가 지금 당신에게 침묵을 가르치고 있다는 것을 아는가?"

그는 진공청소기처럼 빨아들일 듯 나를 쳐다보고 있었다. '내 말이 맞지 않느냐?'는 표정이었다. '이 무슨 뚱딴지같은 소리지?' '처음부터 질문을 하지나 말든지….'

무시하는 태도로 고개를 창밖으로 '휙' 돌리다가 '아차차!' 곧 자세를 바로 했다.

인도인의 말이 맞았다. 나는 침묵을 배우고 있는지도 모른다.

나를 태운 기차가 바라나시를 지나칠까 봐 걱정이 되었다. 아니, 내가 바라나시를 몰라볼까 봐? 이 사람 저 사람에게 기침을 해대며 도착시간을 물어댔다. 인도인이 다시 말했다.

"침묵에 보탬이 되는 말 외에는 아무 말도 하지 말아요."

대답조차 할 수 없을 정도로 목이 아팠다. 성자처럼 말하던 그 인도인이 내 가방에 꽂힌 볼펜을 만지작대더니 슬그머니 자기 윗주머니에 넣는 것도 말없이 보고만 있었다.

기차가 도착하려고 속도를 줄이는 동안 총알처럼 나타난 소년이, 내 앉은 자리의 휴지통을 뒤졌다. 먹다 남은 음식을 가져가는데 말을 할 수가 없었다.

'오차'에서 싸 온 도시락은 워낙 날씨가 더워 상했을지도 모른다.

짐꾼들이 기차로 올라와 내 무거운 가방을 메고 갈 때도 말없이 따르기만 했다

짐이 두 개라면서 처음보다 두 배의 값을 부르는 그 짐꾼에게, 한 개 값의 루피를 손에 얹어주고 눈짓으로 말했다.
'어때요? 내 계산이 정확하지요?'

온종일 침묵했다. 살면서 내 의지로 목을 쉬게 한 것은 처음이었다.

물을 삼키지도 못할 고통스러운 목을 위해 말을 하지 않으려고 작정하니 할 말이 없어졌다.

쓸데없는 말, 하고 나서 후회되는 말, 남의 가슴에 씨가 된 말, 그래서 부메랑처럼 돌아오던 말, 회초리처럼 아픈 흔적이 남는 말, 한 사람의 일생을 좌우하는 말, 시끄러운 말, 지지분한 말, 생명이 없는 말, 영혼을 뭉개던 말을 남발하고 살지는 않았을까? 어디선가 말씨가 자라고 있을지도 모른다는 생각에 열이 올라 얼굴은 홍당무가 되었다.

여행을 떠나오면서 많은 것을 배우고 느끼겠다고 다짐했었다. 열여섯 시간을 달리는 기차 안에서, 어느 인도인으로부터 나는 침묵을 배웠다.

새벽 다섯 시, 도깨비 싸움

새벽 다섯 시에 잠이 깼다. 한없이 게으른 내가 새벽을 맞이한 것이 신기했다. 시간은 어둠을 밀어내고 있었다.

새벽 수상시장이 열린다기에 일찍 일어나서, 전날 약속한 시카라(배)를 기다리고 있었다.

숙소인 하우스 보트(배 위의 호텔) 가까이에 회교사원이 있는지 코란 경전 읽는 소리가 북인도 카슈미르주에 있는 스리나가르의 '달' 호수 위로 번졌다. 새벽에 듣는 독경은 다소곳하게 앉아 다듬이질하는 조선 여인의 방망이 소리를 닮았다. 넓은 하늘이 달 하나로 꽉 차듯 독경 소리는 내 영혼을 충만케 했다. '시카라(작은 배)'를 기다리다가 본 하늘은 아직은 어두웠고, 반달은 여행자처럼 홀로 떠 있었다.

카슈미르 계곡의 호수도시인 스리나가르는 설산들이 병풍처럼 둘려있다.

투숙객들이 아침 다섯 시에 모여서 수상시장을 가기로 합의했다. 경비를 아끼기 위해 시카라 한 대를 불러 함께 움직이기로 한 것이다. 그런데 날이 환해지도록 약속한 배가 오지 않았다. 일행 중 '빵'이라는 별명의 청년이 시카라 맨을 찾아보겠다고 했다. '망고'라는 닉네임의 처녀도 따라나섰다.

한 시간쯤 지나서였다. 전날 우리와 약속했던 시카라가 나타났다.

사람들은 일어나서 일제히 소리 높여 항의를 했다. 시카라 맨은 난처한 표정으로 자신의 팔을 들어 보였다. 시계가 없어서 실수를 했다는 것이다. 어이가 없었다. 시카라로 밥벌이를 하는 사람이 시계 하나 없다니, 그래서 열 명이나 되는 여행자들을 기다리게 했다니, 그러나 어쩌랴? 이곳이 인도인 것을. 그런데 문제는 이제부터 시작이었다.

빵 청년과 망고 아가씨가 그럴듯하게 장식을 한 시카라 한대와 함께 오고 있었다.

전날 계약한 시카라를 찾을 수가 없어서, 호수에서 양치질을 하는 젊은 시카라 맨을 데려왔다고 했다.

전날 계약한 시카라 맨은 약속을 지키지 않았으니 돌아가라고 말했지만, 계속해서 주위를 맴돌았다. 양치질을 하다 왔다는 입술에 치약이 묻어있는 젊은 시카라 맨은 상황을 파악하고는 뱃삯을 두 배로 올려버렸다. 일행들이 많으니 가격을 올려야 한다고 주장했다. 모두들 소리쳤다

“분명 가격을 흥정하고 왔다는데 세상에 이럴 수가 있느냐?”

“여행자들에게 거짓말을 밥 먹듯 하는 인도로 누가 여행을 오겠느냐?”

“새벽 일정을 망친 우리에게 보상해 달라.”

“기분이 나빠 차라리 수상시장을 안 보고 말겠다.”

“잘 먹고 잘살아라.”

어느새 날이 환하게 밝았다. 전날 계약한 시카라 맨은 간절한 눈빛으로 사정을 했다.

“제발 화를 푸세요. 아직 시장이 끝나지 않았으니 지금이라도 서둘러 갑시다.”

그러나 뺑 총각과 망고 아가씨는 화가 난 맹수처럼 쏘아붙였다.

“노! 또 무슨 바가지를 씌우려고? 안 속아요.”

“신께 맹세해요. 당신들의 여행을 위해 한 푼도 받지 않겠어요.”

양치질하다가 온 젊은 시카라 맨은 큰소리를 치고 있었다. ‘수상시장에 안 간 것은 약속위반이니, 왕복 삯을 내놓으라’고 고함을 질렀다.

여행자들은 재수 없는 아침이라며 투덜대다가 ‘잠이나 더 자자’며 방으로 들어가 버렸다. 그들은 아침을 먹고 ‘나닥’으로 떠날 예정이었다. 또다시 이곳에 여행을 온다는 기약은 없었다. 화를 내고 등을 보인 그들이 안타까웠다. 새벽같이 일어나서 승산 없는 싸움을 하느라 상처 주고 더 큰 상처를 받았다. 마치 도깨비한테 홀린 것 같았다.

오늘 새벽, 히말라야 설산을 품은 스리나가르 호수에 무슨 일이 일어났던 것일까?

코란 독경 소리로 다듬이질해 놓은 듯 잔잔한 호수를 보며, 한바탕 꿈을 꾸고 난 기분이었다. 감정을 누르고 그들을 이해하고 따라갔더라면, 이곳의 명물인 수상시장을 즐길 수 있었을 것이다. 그렇다면 자존심도 지키고 불쾌한 추억도 남기지 않았을 것이다.

수상시장보다 더 매력적인 코란 독경 소리를 감상하느라 눈을 감고 있다가, 배시시 자꾸 나오려는 웃음을 막지 않았다.

훗날, '진정한 싸움의 원인이 무엇이었을까?'를 생각해보는 여행자가 분명 있을 것이다. 뒤늦게나마 나처럼 실! 실! 실! 웃는 모습을 상상해 보는데, 히말라야 설봉들이 나를 향해 긴 이빨을 드러내며 껄! 껄! 껄! 웃어주었다.

변장한 왕자

11세기 무굴제국의 황태자 살림(훗날 제항기르)이 황제로 등극하려고 쿠데타를 일으키다 실패하여 도망 온 곳이 '오차'다. 분델라 왕조는 미래를 위해 제항기르를 받아주었고, '제항기르 마할'을 지었다. 높은 곳에 올라보면 사방으로 고성이 보이는데, 오차는 '숨겨진 장소'라는 뜻이 있다.

무굴제국의 황제가 된 제항기르의 지원으로 오차는 큰 도시로 발전했다. 그러나 후에 제항기르의 아들이 황제에 오르면서 오차를 외면하게 된다. 이에 반란을 일으켰지만 무굴제국에 크게 패하고 난 뒤 도시가 황폐해져 버렸다.

거대한 궁전이 바람에 낡고 햇살에 빛이 바래져, 마치 유령이 나올 것처럼 시커멓게 변했다. 무리 지어 날아다니는 까마귀와 천정에 붙어있는 박쥐들이, 숨바꼭질하기 좋은 놀이터가 되어있었다. 궁전 옥상에서 멀리 바라본 경관에도 강을 따라 시커멓게 변한 궁전들이 듬성듬성 보일 뿐이었다. 지금은 찾는 여행자도 거의 없다는 한적한 시골이었다.

아그라에서 만난 한국 여행자들과 궁전 옥상에서 '오차' 도시를 감상하고 있었다. 잘생긴 인도 청년이 오더니 가이드를 자처했다.

"미안해유. 우리는 가이드가 필요 없구만유."

충청도에서 온 경숙씨의 사투리를 알아듣지 못한, 청년은 진지하게, 서툴지만 한국말로 말했다.

"오래전부터 이곳에서 가이드 역할을 위해 당신들을 기다려 왔답니다."

인도여행 경험이 있는 우리에게는 이미 식상했다. 경숙씨가 눈짓으로 놀려댔지만, 붙임성이 좋은 청년은 어느새 함께 어울리고 있었다.

우리는 시간을 돌려 이 성 주인인 왕과 왕비의 역할놀이를 했다. '아라' 이름을 가진 아가씨는 자신이 공주로 있을 때 소꿉놀이 하던 곳이 생각났다면서 뾰족 탑 아래로 우리를 끌고 가서 한바탕 웃었다. '몸짱' 닉네임을 가진 청년은, 자신을 '악바르' 황제였다고 말했다. 자신이 원정 나간 사이 반역한 아들 제항기르를 응징하기 위해, 손수 군사를 이끌고 온 기억이 떠올랐다며 슬픈 표정을 연기해서 웃음을 자아냈다.

그때 가이드 청년이 진지하게 말했다

"그 옛날 나는 제항기르가 틀림없어요."

"지가 무신 황제라는 말이고? 묻지도 않은 신분은 와 밝히노?"

가이드 청년의 슬픔이 묻어 날 듯한 묘한 표정이 얼마나 코믹하였는지, 누가 먼저랄 것도 없이 우리는 동시에 폭소를 터뜨렸다.

가이드 청년은 아버지 황제가 보낸 군사를 향해, 자신이 화살을 쏘았던 곳이 틀림없다며 성 누각을 향해 달려가는 시늉을 했다. 그때 벽돌 사이에 있던 검은 새들이 일제히 날아올라 이방인들을 놀라게 했다.

잠시 후, 기다렸다는 듯이 전통악기를 든 노인이 나타났다.

“드디어 오셨군요? 꼭 들려주고 싶은 음악 때문에 기다리고 있었답니다.”

“히히히! 와 또 그라요? 뻔한 수작 할라꼬예? 나는 마 속지 않을끼구만유.”

그런데 우리는 연주를 시작한 노인한테로 관심이 쏠렸다. ‘눈 맞추면 돈 달라’는 인도인 때문에, 멀리 솟아있는 궁전을 보는 척하며 인도전통악기의 신비한 연주를 감상했다. 슬픈 역사가 스며있는 고성에서, 노인의 연주를 듣는데 묘한 기분이 들었다.

그날 밤 호텔레스토랑에서 저녁을 먹었다. 예상대로 가이드는 우리와 함께 식사를 할 수 없었다. 아무리 돈이 많아도 신분제도가 엄격하게 남아있기 때문에 호텔은 물론이고 고급 식당에조차 드나들 수가 없었다.

"브라만 출신인데 와 호텔에 들어오지도 못하노?"

"우리한테 거짓말을 한기가?"

"얼굴은 멀쩡하게 생겨가지고? 몰락한 왕족이라 카더만?"

자신을 브라만이라고 소개했던 가이드를 사투리로 흉내내는 경숙씨 익살에 웃느라 식사도 못 할 지경이었다.

그러나 곧 우리는 숙연해졌다. 진흙탕에 반지를 빠트린 욕심쟁이 공주들처럼 풀이 죽었다.

그것은 일행 중 가장 어린 11살 윤아가 들려주던 동화 같은 이야기 때문이었다.

"언니들 그렇게 말하지 말아요. 오늘 만난 가이드는 변장한 이 나라 왕자인지도 몰라요. 인도의 가난을 구할 수 있는 지혜로운 여성을 만나기 위해 기다려 왔는지도 몰라요. 그렇다면 언니들은 연극 속의 왕비가 아니라 진짜 왕비가 될 기회를 놓친 거예요."

"그랬을까? 윤아의 상상대로 가이드는 정말 왕족일까?"

"그럴 수도 있겠다. 그지? 오늘 너무나도 예의 없이 대했는데 어떡하지? 나는 왕비가 되기는 다 틀렸네."

"어쩐지 얼굴이 귀골 티가 나는 게 심상치 않았어. 기둥에 기대어 멀리 '벳트와' 강을 바라보며 오랫동안 꼼짝하지 않는 모습은 제항기르의 위엄을 풍겼어."

"어쩜 좋아? 우리는 못 본 체했지만, 연주하던 노인에게 지폐 한 장을 정중하게 주었어."

"그래. 나도 봤어. 그 태도는 귀족만이 할 수 있는 품위 있는 동작이었어."

저녁 식사를 하다말고 여행자들은 표준말을 하며 윤아의 이야기에 초점을 맞추었다. 그리고 가이드를 매력 넘치는 왕자로 만드는 퍼즐놀이에 빠져버렸다.

낮에 식당에서 제공한 찬물을 마셨더니 배탈이 났다. 화장실을 찾다가 건물 밖까지 나오게 되었다. 마굿간 같은 좁은 공간에서 우리들의 가이드가 형편없는 음식으로 식사를 하고 있었다. '짜파티' 한 장과 '달' 약간이 전부인 음식을 손으로 먹고 있었다.

나는 죄지은 사람처럼 재빨리 그 곳을 벗어났다. '아! 아! 우리들의 왕자가 대접도 못 받고 초라한 식사를 하고 계시다니….'

다급해졌다. 배탈 때문이 아니었다. 11살 윤아가 혹여라도 저 불편한 장면을 보지 않도록 해야 한다. 또 있다. 눈을 반짝이던 망고 아가씨의 핑크빛 상상을 보호하기 위해, 나는 아픈 배를 부여잡고 돌아서서 그들을 향해 식당으로 뛰었다.

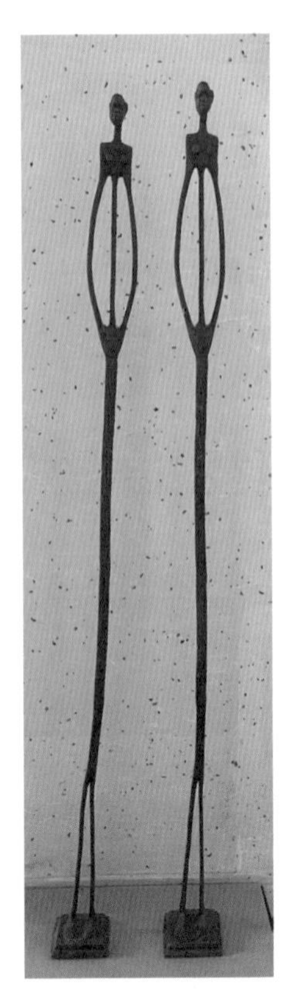

패망한 역사의 허무함을 느낀 우리에게 오차의 하늘은 저녁노을을 선물했다. 검은 이끼로 뒤덮인 고성으로 귀가하는 새들과 함께 여행자들은 노을빛으로 물들었다. 성 앞에서 변장한 왕자인 가이드가 골동품 파는 리어카로 안내했다. 청동을 녹여 만든 수행자의 모습을 한 골동품이 눈에 띄었다. 제항기르 황제의 노년 모습일까? 주저함 없이 내 키의 반이나 되는 훌쭉한 청동수행자가 나를 따라나섰다. 남은 여행을 함께 하더니 우리 집 거실까지 따라와 권력의 무상함과 인간의 한계인 생로병사의 가르침을 주고 있다.

흠씬 젖어 살아라

아침에 일어나면 류시화의 '시'를 떠 올리고 자리에서 일어났다.

'아침에 눈을 뜨면 세상은 나비 한 마리로 내게 날아온다'

오늘은 인도가 무엇을 보여줄까? 가슴이 뛰었다.

갠지스강 가의 마니카르니카 가트에서 젊은 남자의 시신이 타는 것을 보고 숙소로 돌아오는 길이었다. 갑자기 쏟아진 소낙비가 앞을 막았다. 싸이클 락샤왈라는 이런 상황에서 '계속 가야겠냐?는 표정으로 돌아보았다.

"노 프라블럼"

비를 맞고 싶었다. 더워서 비라도 맞아야 시원해질 것 같았다. 더구나 비를 맞고 걷는 여자에게 쏟아질 사람들의 시선 때문에라도 릭샤를 타고 있어야 했다.

소낙비가 내리자 거리의 수많은 사람들이 거짓말처럼 사라져버렸다. 갠지스강으로 갈 때만 해도 발 디딜 틈이 없던 시장이었다. 장사꾼들, 순례자들, 자동차들, 돌아다니던 큰

AYUSH
Collection

개까지 모두 어디로 갔을까?

흥정하던 야채 상인들의 고함 소리도, 아이를 안고 우유값을 구걸하던 여자도, 아이스크림을 빨아 먹던 머리가 산발한 아이도 보이지 않았다. 오이와 감자를 팔던 남자 곁에서 구운 옥수수에 마살라를 발라 먹던 소년도 없었다. 꼭 우리나라 민방위 훈련하는 것 같았다. 영화화면 속 정지된 거리 같았다.

큰 도로에는 쏟아지는 빗속을 사이클 릭샤만 움직이고 있었다. 얼마나 지났을까? 건물의 처마 아래서 선 채로 눈동자만 돌리고 있는 사람들을 발견했다. 비를 피해 공기처럼 스며들어 있었다. 처음부터 그 자리에 고정되어 있었던 것처럼 눈도 깜박이지 않고 뚫어져라 나를 관찰하고 있었던 것이다. '이게 무슨 상황이지?' 당황했지만 곧 평정심을 되찾았다. 넓은 도로 한복판을 천천히 지나는 릭샤 위에 앉은 나는 사람들의 시선과 갠지스의 소낙비를 온몸으로 맞고 있었다.

'왜 이곳까지 와서 비를 맞고 있는 걸까?'

'낯선 곳에서 옷과 머리카락을 흠씬 젖게 방치한 나는 누구인가?'

생각할수록 내가 가엾고, 우습고, 그러다가 슬픈 기류에 갇혀 눈물이 흘렀다. 눈물을 씻어내는 빗방울이 그렇게 시원

할 수가 없었다. 성인이 되어 울어 본 적이 있었던가? 온몸으로 소낙비를 맞아 본 생체험이 있었던가?

뜨거운 대지에 옅은 물안개가 피어났다. 옷가게를 지나는데 조금 전 가트에서 본 일본 여자 두 명이 보였다. 그녀들이 입은 고급스런 인도 사리도, 밝은 보라색으로 염색한 긴 머리도 세찬 비에 속수무책 젖어있었다.

"진작 그럴 것이지."

소낙비가 내리기 전이었다. 일본에서 온 여자들이 갠지스 강물로 들어서는 것을 보았다.

갠지스강은 힌두교도들에게 가장 성스러운 장소다. 화장터에는 연기가 오르고, 기도하는 사람, 몸을 씻는 사람, 빨래하는 사람, 흙탕물로 양치질하는 사람이 넘쳤다. 남녀노소 할 것 없이 나름의 의식을 위해서 강으로 뛰어드는 사람들을 볼 수 있는 곳이다. 특히 힌두교도들은 바라나시에 와서 죽기를 원한다. 산 자와 죽은 자들이 몰려오는 갠지스강은 사람들로 늘 북적댔다. 그들은 죽은 자를 화장하여 강물에 뿌리면 끝없는 윤회로부터 벗어날 수 있고, 순례자들이 강에 몸을 씻으면, 지은 죄를 씻을 수 있다고 믿어왔다.

몸을 담그고 기도하는 사람들 뒤에서, 일본 여자 두 명이 발만 담그고 있었다.

'저 여자들도 신의 축복을 받고 싶고, 죄를 씻고 싶었을지도 모른다. 그런데 갠지스의 신은 신성한 황토물에도 젖지 않으려는 그녀들을 어떻게 대했을까? 머리와 가슴은 빼놓고, 발가락에만 축복을 내려주시지 않았을까?'

헤어스타일이 구겨질까 봐, 화장이 지워질까 봐, 옷이 젖을까 봐, 강에 들어서지 못했던 그녀들이 지금은 허술한 상가건물의 처마 밑에서 소낙비를 맞고 있다. 그녀들을 보는 동안 나의 페르소나가 오버랩되었다.

살면서 그 무엇에도 흥건히 젖지 못한 여행자의 머리 위로 바라나시는 소낙비를 퍼붓고 있었다. '나는 누구인가?'를 반문하게 만드는 인도! 상상할 수 없는 일이 목격되는 일상들, 그러다가 특별한 공간과 시간, 그리고 사건을 선물하며, 가슴을 뛰게 만드는 인도여행 중이었다.

처마 밑에서 비를 피하는 사람들과 나도 물안개처럼 언젠가는 흔적도 없이 사라질 것이다. 세상에 영원한 것이 없다는 것을 직접 보여주며, 매시간 '흠씬 젖어 살아라'는 가르침을 문신으로 새기느라 소낙비는 퍼붓고 있었다.

미로

'시바 게스트하우스'를 찾아 한 시간 이상을 헤매고 있었다. 그러다가 떠오른 생각은 어린 소년을 앞장세우고 찾는 방법이었다.

갠지스강으로 가는 골목길은 좁아서 릭샤를 타고 들어갈 수가 없다. 화장실은 급하고 방심하면 발아래 널려있는 손바닥보다 서너 배 큰 소똥을 밟을 지경이었다.

무거운 배낭으로 지친 나에게 나타난 소년은 느긋하게 골목길을 돌고 또 돌았다. 화장실이 급하다고 애원을 해도 큰 눈만 깜박거릴 뿐, 서두는 기색이 없었다.

가이드북 안내처럼 끝을 알 수 없는 골목길이었다. 가다 보면 그 길이 그 길이고, 또다시 가다 보면 아까 그 길과 같았다. 날씨는 덥고 이상야릇한 음식 향에 속이 울렁거리고 괴로운데, 좁은 길을 덩치 큰 소가 떡 하니 버티고 섰다. 갈 수도 없고, 올 수도 없다.

소가 똥을 누면 얼마나 양이 많은지 골목길을 메워버린다. 오줌은 어떤가? 소낙비처럼 좁은 골목길에 물줄기가 생길 정도였다.

대나무로 들 것을 만들어 시체를 옮기느라 가트 쪽으로 걸어가는 사람들, 시체를 덮은 천이 닿을 것 같아 몸을 돌려 벽에 딱 붙어야 했다.

골목길에서 박시를 구하는 노인과 아이들을 만난다면 더욱 큰일이었다. 더이상 참을 수 없을 정도로 배가 뒤틀리고 아파왔다.

"제발, 화장실이여! 여행자를 구원하소서!"

드디어 소년은 찾았다는 신호를 보냈다. 황숙이 제갈공명을 만난 것처럼 반가웠다.

그러나 내가 가고자 했던 곳이 아니었다. '퓨자'라는 게스트하우스에 안내되어 들어간 나는 결국 화장실에서 쓰러져 버렸다.

"괘씸한 녀석! 몇 푼의 돈을 위해 원하지도 않은 곳에 데려놓다니, 그것도 화장실이 급한 나를 끌고 다니다가 이 멀리까지 오다니…"

혼자 중얼거리는 내 앞에서 '퓨자'에서 수고료를 받았는지 소년은 싱글벙글 웃으며 팁을 요구했다

"떽! "

경상도 발음으로 큰 소리를 내며 일부러 무서운 인상을 연기했다. 소년은 슬슬 뒷걸음치다가 다시 오더니 손을 벌

렸다. '시바'로 안내해 주면 주겠다고 약속했다.

그 후 30여 분을 더 골목을 돌고 돌아 '시바게스트하우스'에 도착했다. 내가 방을 흥정하는 동안 소년은 안으로 들어오지 못하고 골목에 서 있었다. 뒤늦게 생각이 나서 밖으로 나가보았지만 소년은 보이지 않았다.

좁은 골목길은 뒤틀린 창자처럼 꼬불꼬불 놓여 있었고 해석할 수 없는 힌디어들이 군데군데 벽을 도배했다. 빨강노랑 꽃잎들이 흩뿌려져 지저분한 사원 옆에서 짜이를 팔던 청년이 묻지도 않았는데 손가락으로 한 방향을 가리켰다. '저 길로 소년이 갔다고'

잠자리에 누워서 생각해도 이해가 되지 않았다. 오늘 만난 소년은 누구일까? 나는 어디에 있는 걸까? 실타래처럼 엉킨 인간들의 운명을 닮았다는 갠지스강으로 가는 골목! 수상한 예감으로 가득 찬 그 골목길을 벗어났을까? 미로에 갇혀 버린 건 아닐까?

나는 사기꾼이다
— 스리나가르 탈출기

파키스탄 접경지역의 도시인 '스리나가르'는 산스크리트어로 '경사스런 징조'라는 뜻이 있다. 히말라야 서쪽 끝에 위치한 산악주인데 '젤룸' 강과 '나긴' 호수가 연결되어 18㎢나 된 '달' 호수는 유명하다. 얼마나 아름다운지 하우스 보트(배 위의 집)와 시카라(작은 배)가 떠 있는 달 호수를 '잃어버린 지상낙원'이라고 표현한 곳이다. 영국이 인도를 점령하면서 땅은 소유할 수 없어 물 위에 집을 지었다고 한다.

시카라를 타고 종일 돌아다녀도 남을 만큼, 크기를 가늠할 수 없는 호수에는 보랏빛 수련이 군락으로 피어 꽃밭이 되었다. 작은 섬과 섬 사이는 오랫동안 울창해진 수풀로 정글을 이루고 있었다. '달' 호수 위의 숙소에서 시내로 나갈 때는 주인이 제공하는 '시카라'가 필요했다.

처음 인도여행은 초등학교 다니는 딸과 아들이 함께 왔었다. 다람살라에서 만난 한국 여행자들과 함께 '달' 호수의 하우스보트에 묵게 되었다.

NAVY JEANS
RL
COMPANY

주인한테는 어린 아들이 있었는데 이름이 바부였다. 우리 아이들은 '바보'와 비슷한 발음 때문에 많이 웃었다. 바부는 8살인데도 꽤 조숙했다. 노 젓는 방법과 고기 낚는 방법을 가르쳐 주며 서로 재미있게 지냈다. 아이들은 집 앞에서 종일 배를 타고 낚시를 하며 놀았다. 며칠이 지나자 한국 여행자들은 나닥과 마닐라로 여행을 떠났다. 함께 가고 싶었지만, 우리 아이들이 고산병을 견딜 수 있을지가 걱정이었다. 여행지에서는 무엇보다 건강과 안전이 우선이라 생각하며 '레'를 포기하고 카슈미르주를 둘러보기로 했다.

가이드북에 안내된 굴마르그를 가기 위해 시카라를 요구했다. 주인은 그곳까지 가는 버스가 없단다. '어! 아닌데?'라는 생각이 들었지만 어린 바부까지 불가능하다고 해서 믿었다. 그런데 잠시 후 주인은 자신의 승용차로 간다면 가능하다며, 물론 거금을 요구했다.

차라리 멀리 보이는 샨카라차르야 언덕에 있는 힌두사원을 둘러보겠다고 했더니, 그곳도 자신들의 안내 없이는 위험하다고 온 가족이 합창하듯 소리쳤다.

스리나가르는 파키스탄과 인도의 접경지역으로 크고 작은 분쟁이 끊이지 않는 지역이었다. 수시로 들려오는 총소리에 불안하기도 했다. 전쟁에 둔감해진 이스라엘과 한국인들만이 여행을 온다는 것을 이곳에 와서야 알았다. 가이드북을

진작에 봤더라면 아이들까지 데리고 오지 않았을 것이다.

주인은 자신의 배에서 파는 보석과 기념품을 소개하며 구매를 강요했다. 시커먼 눈썹으로 험상궂은 표정을 만들어가며, 불안감을 조성했다. 배에는 우리 외 다른 여행자들이 없었다. 사방이 막막한 호수여서 위급할 때 도와줄 사람이 없겠다는 걱정이 들었다. 악덕 호객꾼들에게 당한 여행자들의 후기를 접했지만 이미 엎지르진 물이었다. 시간이 지날수록 아이들은 말이 없어졌다.

시내로 나가야 하는데 환전해 온 돈을 다 써버렸다. 숙박비를 지불하기 위해 은행에 간다고 하면 주인이 방해를 할 것 같았다. 아들이 바부에게 멋진 제안을 했다.

"바부! 너네 학교 사진도 찍고 인도 친구들이 공부하는 것도 보고 싶어."

"오케이!"

바부가 등교할 때 시카라를 내 주며 주인은 스무 살도 안 된 메니저를 함께 보냈다. 젊은 매니저가 노를 저어 시내에 있는 학교까지 나올 수 있었다. 여행가방을 완벽하게 싸 놓고 주인이 눈치채지 못하도록 옷과 스카프를 풀어 놓아놓았다.

시내에 나와서도 젊은 매니저는 따라다녔다. 도망을 할까봐 감시하는 것 같았다.

바부만 학교에 데려다주고 곧바로 은행을 찾는 나에게 매니저가 말했다.

"은행은 11시가 넘어야 문을 엽니다. '하우스 보트'로 돌아갔다가 다시 옵시다"

나는 한국말로 조용조용 말했다.

"너 같으면 구사일생으로 빠져나왔는데 다시 가겠니?"

누런 제복을 입은 경찰관들이 거리 곳곳에 있어서 마음이 놓였다. 은행을 찾았다. 역시 매니저가 따라왔다. 이른 아침부터 노인들이 문 열기를 기다리며 은행 앞에 앉아있었다. 하얀 모자를 쓴 노인한테 은행 오픈 시간을 묻자 9시 30분에 연다고 했다. 매니저한테 왜 거짓말을 했느냐? 고 따지니까 그는 못 알아듣는 척 고개를 돌렸다. 하얀 모자를 쓴 노인한테 목소리를 높여서 물어보았다.

"굴마르그 가는 버스가 정말 없습니까?"

"무슨 말씀을? 이 도시가 사라지기 전에는 굴마르그 가는 버스가 매일 아침 9시에 있다우"

눈을 가늘게 모으고 젊은 매니저를 째려보았더니 노인을 뒷문 쪽으로 데리고 갔다. 매니저는 외국인 앞에서 불리할 때마다 사용하는 힌디어로 언성을 높였다. 잠시 후 주먹을 휘두르는지 '아악!' 하는 비명 소리가 들렸다.

환전을 하고 나니 11시 30분이 넘었다. 이제 루피가 있으니 숙박요금을 지불하고 나올 수 있었다. 나는 작전상 매니저가 보는 앞에서 경찰 아저씨의 주소와 전화번호를 받았다. 시카라를 타고 하우스보트로 돌아오는 길이었다. 노를 젓던 메니저가 아들에게 '이름이 뭐냐?'고 물었다. 이미 불안감을 느낀 아들은 기어들어 가는 목소리로 '묻지 마…요'라고 대답했다. 그러자 젊은 매니저는 아들을 향해 '헤이! 묻지 마!'라고 불렀다. 갑자기 이름이 '묻지 마'가 된 아들은 시카라가 흔들리도록 웃었다. 그때 아들이 제안을 했다. 매니저에게 행운을 부르는 주문을 한국말로 배워보겠느냐고 물었다. 메니저는 '노 프라블럼'을 외치며 애매하게 고개를 흔들었다.

"나는 사기꾼이다"

"나는 사기꾼이다"

매니저가 진지한 표정으로 따라 했다. 그러자 이번에는 '나는 진짜로 사기꾼이다.'를 반복해서 외우면 더 큰 행운이 온다고 했더니 하우스 보트로 돌아와서도 계속 외우고 있었다.

웃다 보니 기운이 솟았다. 주인은 우리들의 표정을 보고 조금도 의심하지 않았다. 그리고 오늘 새로 들어온 기막힌 물건이 있다며 들고나왔다. 나도 여행 가방을 들고 나왔다. 시내로 나가기 전 옷가지만 풀어놓고 짐을 싸 놓은 상태라

B
BANG BANG

체크아웃은 오 분도 걸리지 않았다.

비상이 걸렸다. 주인이 뛰어오고 주인 여자가 '왜 그러냐?' 며 사색이 되었다. 분쟁 다발 지역이라 여행자가 줄어들어 문을 닫아야 할 형편에 놓인 하우스보트 주인은, 여행자를 만나면 '신이 내려준 횡재'라 여기는 듯했다. 젊은 매니저가 오자 아들은 또박또박 주문을 걸었다.

"잘못했습니다"

"잘못했습니다"

우리가 합창하듯 신나게 웃자 주인은 어색하게 웃었다. '나쁜 사람들! 진작 잘할 것이지' 방명록에 한국말로 하우스보트 이용 후기를 쓰는 동안 주인이 고개를 옆으로 흔들며 쳐다보고 있었다. 기념품을 팔러 온 상인들의 시카라를 타고 하우스보트를 빠져나오는데 매니저는 열심히 행운을 주문하고 있었다.

"나는 진짜로 사기꾼이다."

"나는 진짜로 사기꾼이다."

인도여행! 또 가고 싶다

턱에서 가슴까지 수염을 길러 멋을 낸 릭샤왈라는 '타고르하우스'를 몰랐다. 스펠링을 쓰고 '테고르'라고 발음을 하니 그때서야 고개를 옆으로 흔든다. '오케이'라는 뜻이다. 발음때문에 이해를 못 했던 것이다.

켈커타에는 타고르하우스가 있다. '인도의 시성' 라빈드라나드 타고르! 신에게 바치는 노래『기탄잘리』시집은 여행때마다 꼭 챙기는 책이다.

나의 여행 시간은 길고 무척 먼 길입니다.
나는 이른 아침에
빛나는 햇살의 수레를 타고 출발하였습니다.

그토록 많은 항성과 유성에
나의 자취를 남기며
광막한 우주로 항해를 하였습니다.

당신에게 가장 가까이 다가가는 것이
가장 먼 길이며,
그 시련은 가장 단순한 가락을 따라가는
가장 복잡한 것입니다.

순례자는 자신의 집에 이르기 위하여
낯선 문마다 두드려야 하고,
마지막 가장 깊은 성소에 다다르기 위해
온갖 바깥 세계를 방황해야 합니다.

나는 오랫동안 돌아다니다가
비로소 눈을 감고 말을 합니다.
"당신은 이곳에 머무르고 있습니다!"

"오, 어디입니까?"
이러한 질문과 외침은
천 갈래 눈물의 시내로 녹아내리고

"나는 여기에 있다!"
당신의 확언이 홍수처럼 세계를 범람합니다.

–「타고르 기탄잘리12」 전문

인도의 문화예술을 후원했던 타고르 집안은 켈커타의 르네상스를 연 가문이었다. 이탈리아 피렌체의 메디츠 가문과 비교되었다.

타고르 성공의 원동력이 되었다는 '히말라야 여행' 일화는 유명하다. 학교에 적응을 못 한 아들을 데리고 여행을 떠난 타고르 아버지의 교육관은 지금도 회자되고 있다. 아버지와 아들은 '산티니케탄'을 들리는데, 후에 그곳에 대안학교를 세우게 된다.

100년 전 대안교육을 처음으로 펼친 '산티니케탄'은, 세계적인 대안교육 도시로 명성이 높다. 이곳에서 노벨상 수상자가 두 명이나 나왔으며, 세계적인 예술가들도 많이 배출했다.

타고르 집필실에서 내다보면 정원이 한눈에 보인다. 붉은 기둥이 눈에 띄는 타고르하우스의 내부는 손질이 잘 되어있었다. 타일로 된 바닥의 문양도 완벽한 예술작품 같았다.

걸음을 멈춘 곳은 타고르가 그린 그림들 앞이었다. 나무와 새, 그리고 여인의 모습, 한껏 치장한 코끼리 그림은 눈을 뗄 수가 없었다. 경건하고도 감미로운 그의 시처럼, 가장 인도적인 색채의 그림은 끌림이 강해 눈을 뗄 수가 없었다. 타고르의 형제들 모두 시인, 화가, 음악가들이었다.

전시실 앞에는 제복을 입은 사람들이 안내를 하고 있었다. 타고르하우스를 돌아본 후 입구에서, 인도 명문가의 '노블레스 오블리주' 정신 앞에 잠시 모자를 벗었다.

타고르의 여운을 안고 나왔다. 릭샤왈라에게 재래시장으로 가달라고 부탁했다. 수많은 사람들과 차가 밀리고 엉키는 혼잡한 도로에서 릭샤왈라는 계속 투덜댔다. 두둑한 팁을 건네며 인력거를 탄 나는 인도 여행의 마지막 일정으로 시장 구경을 하고 싶었다.

끝도 없이 늘어선 옷가게의 화려한 드레스가 여성들을 유혹했다. 찬란한 보석이 진열된 윈도 앞에서 눈을 떼지 못하는 처녀들, 다양한 나라에서 온 여행자들이 뿌리는 향수 냄새, 할아버지와 할머니, 그리고 어린 딸 손을 잡고 식당을 나오는 부부의 웃음소리가 하늘이 빙빙 돌 정도로 부러웠다.

'이토록 세상이 아름다웠던가?'

영화관 앞에서 코믹한 포스트를 보며 입이 터져라 웃는 청년들, 머리에 꽂을 쟈스민꽃을 파는 시장 여인의 수줍은 미소, 시장 안으로 퍼지는 짜이왈라의 외침 소리에도 운율이 느껴졌다. 신선한 맛과 향으로 사랑받는 다르질링 홍차와, 음식점의 중독성 있는 향신료 향기도 거리로 뛰쳐나와 오늘 밤 떠나는 나를 배웅해주었다.

티벳식당 아저씨가 불룩한 배를 내놓고 끓여주던 닭죽 맛은 일품이었다. 태어나서 한 번도 배부르게 먹은 적이 없는 인도 아이의 손을 잡고 탄두리 치킨 냄새가 진동하는 식당으로 데려가고 싶었다. 그러나 늦었다.

저녁 시간에 한국행 비행기를 타야 했다. 나에게 주어진 인도여행은 여기까지다.

시간이 없어서 다르질링도 가지 못했고, 남인도 여행을 끝내고 온다는 친구를 기다릴 시간이 없었다. 타고르의 정신이 살아있는 산티니케탄 예술학교도 가보고 싶었다. 지갑 속 동전도 '쨍그랑' 소리를 내며 여행이 끝났다는 신호를 보내왔다.

나에게 사흘이라는 시간이 더 주어진다면, 남은 인도 루피를 아낌없이 쓸 텐데… 이틀만이라도.

그러나 나의 의지에도 허용되지 않는 시간은 모든 것의 상위개념이었다. 풍요로운 이 모든 것을 두고 나 혼자 떠나야 한다는 사실에 가슴이 울컥했다.

아름다운 이 세상! 지구별 여행이 끝나는 날도 그럴 것이다. 그때는 모든 것을 두고 영원히 떠나야 한다. 엘리자베스 여왕도, 애플의 스티브 잡스도, 재벌도, 노벨상을 수상한 과학자도, 깨달음을 얻은 성자도 예외가 없다. 테레사 수녀도 지구를 떠났다.

타고르가 수없이 보았을 켈커타 하늘을 우러러 「기탄잘리」 시를 소리 내어 낭송했다.

해질녘 반짝이는 별들은 인도의 눈망울이었다.

> 순례자는 자신의 집에 이르기 위하여
> 낯선 문마다 두드려야 하고,
> 마지막 가장 깊은 성소에 다다르기 위해
> 온갖 바깥 세계를 방황해야 합니다.
>
> -「기탄잘리 12」 부분

영국풍의 하얀 건물 뒤로 넘어가는 붉은 노을이 마지막 힘을 다하고 있다. 하늘과 바다를 가득 채우던 뱅골만 바다의 붉은 노을은 여행자를 배웅하던 인도의 눈시울이다. 우리는 먼 우주로부터 비행기 티켓 두 장을 받아들고 지구별로 온 여행자들이다. 티켓에는 성소로 돌아갈 날짜와 시간이 명시되어 있다. 그 누구도 지정된 시간을 변경할 수 없다.

돌아가야 한다고 생각하니 먹먹해졌다. 떠나야 한다고 생각하니 인도가 더 좋아졌다. 사람이 많다고, 공기가 탁하다고, 그래서 숨이 막힌다고, 마음 놓고 물도 마실 수 없다고, 눈만 마주치면 돈을 요구한다고, 릭샤왈라 거짓말에 하루 기분을 다 망쳤다고, 여행 내내 투덜댔던 나는 어디로 갔을까? 지나고 보면 이 넓은 지구에서, 허락한 모든 것들이 좋았던 것을.

아름다운 지구에 아름다운 것을 볼 수 있는 사람의 눈을

ভারতী বিশ্ববিদ্যালয়
জোড়াসাঁকো ঠাকুরবাড়ী
STICK NO BILLS

가지고 태어난 여행자는 행복했다.

일상으로 돌아와 직장생활에 지칠 때마다, 캡슐에 나를 담아 멀리 날려 보내는 상상을 했다. 인도는 힘든 현실을 탈출하고 싶을 때마다 문을 열어놓고 환영해 준 마법의 창이었다.

인도여행! 또 가고 싶다.